青銅魔人

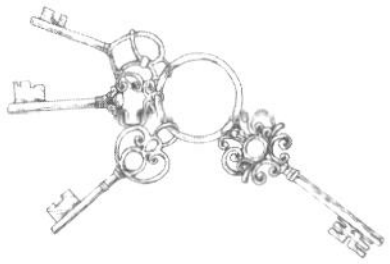

江戸川亂步

徐奕譯

三民

國家圖書館出版品預行編目資料

青銅魔人／江戶川亂步著；徐奕譯.－－初版二刷.－－臺北市：三民，2021
面；　公分.－－(少年偵探團)

ISBN 978-957-14-6641-5（平裝）

861.59　　108007109

少年偵探團

青銅魔人

作　　者｜江戶川亂步
譯　　者｜徐　奕
封面繪圖｜徐　蓉

發 行 人｜劉振強
出 版 者｜三民書局股份有限公司
地　　址｜臺北市復興北路 386 號 (復北門市)
　　　　　臺北市重慶南路一段 61 號 (重南門市)
電　　話｜(02)25006600
網　　址｜三民網路書店 https://www.sanmin.com.tw

出版日期｜初版一刷 2019 年 6 月
　　　　　初版二刷 2021 年 7 月
書籍編號｜S858870
I S B N｜978-957-14-6641-5

※本書中文譯稿由上海九久讀書人文化實業有限公司授權使用

三民書局

目錄

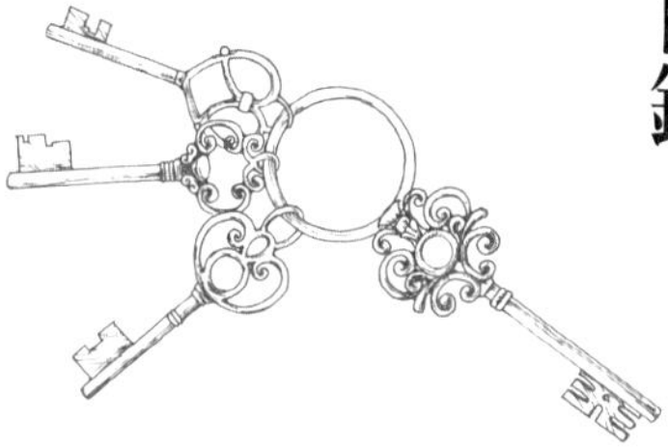

─齒輪聲─

冬夜，月色清冷的夜晚。銀座大街橋畔附近的派出所裡，一位警官正在值班。時間已經過了午夜一點。

白天時，這裡是一條車水馬龍的大馬路，但一到了夜晚，卻如荒原一般寂靜。冷月之下，四根電車的鐵軌閃爍著寒光。周遭一個人影都沒有，整個東京宛若一座死城。警官一動也不動地站在派出所門前的紅色警燈下，雙眼警戒地巡視著四周。濃密的鬍鬚下，白色霧氣隨呼吸有節奏地冒出來。這是一個呵氣成冰的寒冷夜晚。

突然，警官情不自禁地咕噥了一句：「那個人可真怪，是喝醉了嗎？」從閃著寒光的鐵軌中央，走過來一個男人。著青色西裝、青色軟帽，身材魁梧。天這麼冷，他卻沒穿大衣。男人的步態十分怪異，也難怪警官會把他當作一個醉漢。再仔細觀察，就會發現他並不像是喝醉酒，因為他走路不像醉酒的人那樣左右晃動，反而像兩條腿都裝了義肢似的，十分機械。因為被帽子擋著，看不清他的長相，臉卻黑得可怕。他目不斜視，夢遊似的筆直朝前走。更奇怪的是，他的兩隻手上拿著兩大串銀光閃閃的東西，每走一步，手上的東西都會隨著腳步搖晃，在月光的照耀下發出寶石般的色彩。

不僅僅是手上，他青色西裝的口袋裡，也垂掛著銀色的東西，遠遠望去好像整個身體都在發光。

因為離得太遠，警官看不清那些閃亮的東西到底是些什麼，只感覺是成束的銀紙上掛著玻璃球，好像還有繩子串著。警官沒有因為這點小事把他攔下來詢問，任他漸漸走遠。這次疏忽恰好關係到之後發生的重大案件。

那男人身上、手上掛著的都是懷錶，是幾十個連著鎖鏈的懷錶。

三更半夜帶著這麼多懷錶，若無其事地從派出所門口經過的這個男人究竟是誰？瘋子、傻子，還是更可怕的什麼？

之後，警官才想通了這件怪事：「對，那一定是一大串懷錶。我分明聽見機械轉動的聲音。即使錶再小，只要數量一多，齒輪聲也會大得驚人。」但是那真的只是懷錶的齒輪聲嗎？一般的鐘錶每走一秒，齒輪就會發出「滴答」一聲，可是警官聽到的聲音卻好像是一個巨人在磨牙啊。

鐵手指

就在不久之前，銀座大街上一家名叫白寶堂的鐘錶店發生了一樁怪事。

晚上十點，店鋪打烊後，櫥窗外裝上了木板窗，老闆和店員都已經入睡了。由於白寶堂是一處臨時搭建的店鋪，所以尚未安裝捲簾門，開關門仍使用老式木板窗。那天深夜，櫥窗處突然傳來一陣奇怪的聲響，驚醒了睡在店內的小店員。他藉著店內唯一一盞小燈的光，朝聲響處看了一眼，只見一個長長的藍色物體正在櫥窗裡滑來滑去。小店員被這突如其來的景象嚇得不敢出聲，只能像石頭似的呆立著，眼睜睜地看著那物體任意滑動。

起初他還以為自己看到的是一條巨大的青蟲，之後才察覺出那是一個人的手臂，一個穿著青色衣服的人的手臂。那條手臂從玻璃隔板上拿走了幾十個名貴的懷錶。

櫥窗的厚玻璃上留下一個大窟窿，外面的木板窗也被砸爛，剛才的響聲應該就是盜賊砸窗時發出的。「賊！賊！有賊！」小店員不禁大聲呼喊，從喉嚨裡迸出了幾個響亮的賊字。

「什麼？賊？賊在哪裡？」聽見叫喊聲，另一位還沒睡著的年輕店員起身叫罵著，試圖嚇唬住盜賊。店裡頓時吵嚷起來，老闆和其他店員聞聲紛紛趕到，大家你一言我一語地喊叫著。有人已經給警察局打了電話，有人從後門出去叫醒了鄰居，還有一位膽大的店員抓起木棍跳出店外，緊接著又有兩三個人也跟著衝了出去。

屋外月光亮如白晝，但大街上哪裡還有人的影子？盜賊早跑得無影無蹤了。

店內的混亂確實耽誤了大家衝出門的時間，但盜賊的腳再快，也不可能在這麼短的時間內就跑出一百公尺吧？難道他藏在附近的小巷裡了？人們分頭去找，仍然不見盜賊的蹤跡。

「你搞什麼？把話說清楚啊。」一位店員站在砸爛的櫥窗前，衝著剛才那個小店員吼了一句。

「就是，那個，鐵的手指……，真的，那個人的手指是鐵做的，好像展覽會上看到的機器人一樣。」驚魂未定的小店員瞪著一雙大眼睛語無倫次地說。

「胡說八道，我看你這小子睡糊塗了吧。機器人？機器人偷懷錶？他想幹嘛？」

「我、我、我真的看見了。他的手指頭上有鉸鏈，就這樣、這樣，像機器人那樣彎著。」

「沒錯、沒錯，我也看見了。一開始我還以為他戴著皮手套呢，其實不是，就像他說的那樣，盜賊的手指上有鉸鏈。」剛才第二個喊出聲的年輕店員幫腔。白寶堂的老闆和五、六個鄰居站在他們身邊，聽著三個人的對話，彼此望了望對方慘白的臉。還是老闆先回過神，吩咐店員們：

「雖然已經給警察局打了電話，派出所那裡也得通知一聲。都別站在這講廢話了，誰趕緊去跑一趟？」於是，兩個年輕的店員自告奮勇，跑了出去。一個人終究膽小些，兩個人正好能壯壯膽。

「太奇怪了。就那麼點時間，他能躲去哪裡呢？怎麼跟個鬼似的。」

「喂，我跟你說，那可不是人。我有這樣的感覺，那可能就是一條手臂，連身體都沒有。就一條鐵做的手臂，伸進櫥窗裡來。如果就是一條手臂的話，那我們再怎麼找都找不到。」

「你可別嚇唬我。真討厭，你鬼故事看多了吧，腦子裡淨想些奇奇怪怪的。這裡可是銀座的中心啊。」

「銀座的晚上不也靜得可怕，跟沙漠沒什麼兩樣。說不定那條青蟲似的手臂正在周圍飛呢。」

「那你把它叫過來。」

人的心裡越害怕，嘴上就越會說些不著邊際的話。

他們兩個一邊跑，一邊喘著粗氣開些玩笑，不一會兒就到了橋畔的派出所。一位警官正氣呼呼地站著，他就是剛才那位看見青衣人的警官。

兩位店員各自把店內遭竊的經過向警官說明。警官好像早就知道了一樣，表情嚴肅地問：「是懷錶吧？很多很多的懷錶？」

「對、對，我們放在櫥窗裡的懷錶，全被偷走了。」

「他是不是穿著一身青色的衣服？」

警官的眼睛巡視著大街，似乎在月光鋪灑的大街上尋找著什麼。這時候警官看見那位青衣人正在街道的盡頭，越走越遠。他突然想起那些奇怪的齒輪聲，叫道：「就是他！我去追，你們先等一下。」說著警官返回派出所，向正在裡面休息的同事交代了幾句話，又迅速跑了出來。

「走，你們兩個跟我一起去追。」三個人喘著氣，在寂靜的大街上噠噠噠地跑了起來。柏油路上，三個人的黑色身影像跳舞一樣，一路隨行。

—怪人升天—

青衣怪人好像完全聽不見三個追趕者的腳步聲，仍舊機械式地向前走。眼看身後的三人就要追上他了，現在雙方相隔約莫五十公尺，怪人手裡拿著的閃亮物體已經清晰可見。

「看，那是懷錶。他就是小偷。」一位眼尖的店員叫了起來，三個人加快了步伐。怪人卻好像一點都沒有察覺，只是筆直地往前走，連頭都沒回。雙方現在只相隔二十公尺了。

「喂，站住！」警官大吼一聲。就在這時候，青衣人突然停了下來，轉過身。他並非回頭，而是整個身體轉了過來。月光將他的臉照得格外清楚。這是一張警官和店員們絕對無法忘記的臉——那不是一張人臉，而是一副青黑色的金屬面具。那顏色不是鐵器的黑，反而更像銅像上的青銅色。

三角形的大鼻子、咧成新月似的嘴、漆黑的眼窩裡沒有眼珠，就好像從三千年前的印度古墓裡鑽出來的一般，那是一張極其恐怖的臉。三個人有如被釘住了一樣，無法動彈。

聽見了嗎？那聲響不是心臟的跳動聲，而是從怪人體內發出來的，彷彿巨人磨牙似的，有節奏的齒輪聲。就算把幾十個懷錶放在一起，也發不出的可怕聲音，來自怪人的身體。突然，齒輪聲轟鳴起來，不，不是齒輪聲，是從怪人咧開的新月形嘴裡發出的怪聲。簡直無法形容，好像是金屬與金屬在互相摩擦，怪人笑了，原來這是他的笑聲。

笑了一會兒，大家都以為他會轉過身去，沒想到他卻趴在地上，手裡仍緊緊拿著一大把懷錶，像狗一樣，手腳並用地跑了起來。

究竟怎麼回事？沒有人會像狗那樣跑，連聽都沒聽說過。難道他真是鬼？不，比鬼還恐怖。他跑步的姿勢和貓、狗都不一樣，前後腳像機器般地移動，彷彿是一隻上了發條的鐵皮玩具狗。

就在怪人趴下時，三個人都看見了他的側面。他頭上的青色軟帽掉落，露出了頭和後頸。他並非戴著面具，那張恐怖的臉與後腦勺直接相連，耳朵、脖子，包括頭髮全是一樣的青銅色。頭髮捲捲的，捲成一個個小圓球，好像如來佛祖。

他是不是電影裡的鐵面人呢？把頭全部包住後，再戴上青銅做的面具？不，不僅是頭，他的整個身體都包裹著青銅。

他趴在地上，體內的齒輪聲更響了，彷彿許多齒輪彼此激烈地摩擦著，奔跑的速度快似一道閃電。

前方正是電力公司的護欄，怪人跨過護欄，沿著鐵路拐了個彎。即使他再恐怖，也不能眼睜睜看著一個小偷就這麼溜走啊。三個人回過神來，追了上去。

等他們三人跨過護欄，上了馬路，卻發現那路上一個人也沒有，月光把路面照得發白。

「怪了，剛才明明看到他彎過來的。」

「是啊，沒錯。」

三個人說著停下腳步，聽了聽周圍的動靜。周圍沒有一絲齒輪的聲音。一些打烊的店鋪並列在馬路一邊，而另一邊，鐵路的下面是一片空地。過去這一帶曾有不少倉庫，如今連隔開馬路的木板壁都被拆除了，放眼望去四周沒有任何障礙物。為了謹慎起見，三個人來到鐵路下面，又四處找了找，卻都沒有發現可容下大個子男人藏身的地方。怪人消失得無影無蹤。

他們又分頭在附近認真地找了一遍，還是沒有任何線索。

那個怪物長著一個青銅的脖子和一雙鐵做的手，不可能突然蒸發不見。難道他能像氣球似的，飛到天上去？

喜歡看鬼故事的年輕店員彷彿看見趴在地上的怪人，像火焰燃燒後散開的紙屑那樣，輕飄飄地飛上了月夜的天空。

各位讀者，這位長著青銅脖頸、來路不明的怪人，究竟是什麼東西？他為什麼會像狗那樣奔跑？他身上發出的齒輪聲又意味著什麼？他為什麼會消失？又為什麼會偷那麼多懷錶呢？

你們的這些疑問都將得到解答。因為我在這裡說的不是一個鬼故事，而是一個高智商盜賊，和名偵探明智小五郎與助手小林之間的智慧之戰。這鬼一般的怪人總有現出真面目的一天。但在這一天到來之前，還將發生許多詭異的事。

——塔上怪物——

第二天的晚報滿是關於這個似人非人、來路不明怪物的消息，引起了東京居民不小的騷動。談論這件事的人們擠滿大街小巷。

然而，那個怪物並沒有就此消失。自上次鐘錶店事件之後，短短一個月時間內，東京的其他地區也接連發生了五、六起相同的案件。而且遭竊的都是名貴的鐘錶店和藏有珍稀鐘錶的人家。他對普通鐘錶一概視而不見，下手的淨是些鑲寶石的高級鐘錶、昂貴的古董錶。犯案人都有一張青銅面孔。每遇追捕，他就趴在地上像狗似的飛奔，且每次都消失在轉角處，彷彿化作了一縷青煙，叫人怎麼也抓不著。

報紙天天報導這樣的消息，流言越傳越廣。

「他全身好像都是鐵或者銅做的呢。聽說那天晚上他什麼都沒穿。」

「是啊、是啊。聽說員警從後面朝他開槍，子彈『噹』的一聲彈了回來。」

「是個打不死的人啊，身體就跟坦克似的。」有人這麼說。

其他地方又有人這麼說——

「說是把人裝在青銅裡，又有點不大像。我看他連身體都是機器做的，身上到處是齒輪。否則他每次出現時，身上怎麼都會發出齒輪摩擦的聲音呢？」

「是不是一種自動的機器啊，不然哪有這麼靈活的機器人？也許另外有犯人躲在暗中用無線電操控呢。」

「或許是吧。真是一個可怕的發明。這麼了不起的發明用在一個小偷身上，太不像話了。真希望趕緊抓到他，把那些機器的祕密曝光。」

還有一些地方的人說：「說他是金屬做的，可是那麼硬的金屬怎麼會像煙一樣消失呢？太不可思議了。我覺得一定是鬼，青銅鬼。」

「還有專門偷鐘錶的鬼？」

「就是啊。我覺得他一定是靠吃鐘錶才能活的那種鬼，鐘錶就是他的糧食。身體上有那麼多齒輪，如果不每天吃鐘錶的話他就活不下去。」

有人竟想出這麼古怪的解釋。不過，讓一個機器人靠吃鐘錶裡的齒輪活著，也未必不是一個好主意。話說回來，就在白寶堂案發一個月後，又發生了一樁駭人聽聞的事。倘若那怪物偷鐘錶是為了填飽肚子，這次他的胃口可太大了。

事件同樣發生在東京都內。在多摩川上游的大片農田裡，有一處被樹木包圍的小山坡，就在這小山坡上矗立著一座奇怪的鐘樓。鐘樓的主人是明治時期一位著名的鐘錶商，他的房子，包括這座鐘樓，都是古色古香的紅磚建築，鐘樓上還有一個帽子似的尖頂。大多數的東京人都不知道這麼偏僻的地方居然還有這樣的一座鐘樓，一直到後來發生的一起怪事，讓這座鐘樓一夕成名——鐘樓上的鐘在一夜之間被人偷走了。

那是一個颳風的夜晚。白天，年輕夫婦因事出門，到了晚上還沒有回來，家裡只剩下一個年紀已七旬的老主人，和一個上了年紀的女管家，還有三個女僕。他們幾個早早地鎖上了門就寢。早晨起來一看，鐘樓上那個四方形的白色鐘錶盤不見了，鐘內的各種機械也都不翼而飛。被偷的鐘錶盤直徑約一公尺左右，安裝在鐘樓的四方底座上，前後左右一共四面，除此之外，還有裡面的時針、錶芯以及巨大的齒輪和發條也不見了。如今鐘樓帽子似的尖頂下空空如也。

犯人一定是那個怪物，除了他還有誰會對這些東西感興趣呢？看樣子那個青銅怪物下定了決心偷光世上所有的鐘錶。

奇案發生後，立刻成了東京人盡皆知的重大新聞，於是各種各樣的流言又在城中傳播開來了。

「鐘樓被盜前兩三天，附近一位年輕農民曾看到那個銅像似的怪物，站在鐘樓上怪笑呢。而且每次都是太陽快下山的時候。」

「真的嗎？那他怎麼不告訴那家的主人，或者報警呢？」

「和當地的派出所報案了，但員警都以為他見鬼了，沒人理他。怎麼可能有像銅像的人站在鐘樓的鐘錶盤前面呢？」

「不過，他到底是怎麼把那個大傢伙偷走的呢？」

「聽說是這樣的，這也是附近的農民看到的，就在那天半夜，有人回家時經過那個小山坡，看到黑暗中有什麼東西在動。」

「是那個機器人？」

「嗯，還不是一個、兩個呢，起碼有十個長得一模一樣的人，拿著長梯子在那裡爬上爬下。」

「哦，還有梯子啊。」

「是啊，那個長梯子也很奇怪。聽說樣子跟消防梯一樣，往鐘樓前一放，它就自動向高處伸，一直伸到鐘樓頂上。幾個機器人就通過那個長梯子上下。」

流言傳得繪聲繪影，簡直成了離奇的鬼話。結局不外乎是那幾個機器人都飛上了天，騰雲駕霧，消失得無影無蹤。

即使不相信這樣的傳聞，鐘樓上的鐘錶盤和鐘內機械消失卻是不可動搖的事實。

看來盜賊要偷的不只是一個小小的懷錶，而是一切和鐘錶沾上邊的東西，無論大小，包括鐘樓。那就不僅僅是鐘錶癖這麼簡單了，他簡直就是一個瘋子。此外，這瘋子究竟是人？是機器？還是外星人？大家對此一無所知，這使整件事更加詭祕。

可以肯定的是這傢伙想要的只有鐘錶，且不是普通的鐘錶，而是高級、珍貴、有年歲的古董鐘錶。建於明治時期的紅磚鐘樓便是因此引起了他的注意。清楚這一點之後，所有家中收藏著珍貴鐘錶的人都感到惶惶不安。他們徹夜難眠，擔心也許下一個盜竊目標就是自己。

—夜光錶—

昌一的父親，手塚龍之助，也是這許多人中的一個。他三十幾歲時應召入伍，在前線度過了五年多的艱苦歲月。戰後回到老家，所幸自己位於港區的家並沒有損壞，只是妻子因長期病痛的折磨已經命在旦夕。也許是見到了日夜思念的丈夫，妻子一下子卸下了心裡的擔憂，沒幾天就離開了人世。留下的兩個孩子——昌一和妹妹雪子，比起五年前可是長大了不少，孩子們健康活潑，昌一已滿十三歲，雪子也八歲了。

手塚在從軍之前家境十分富裕，後來，家產都散得差不多了，只保住現在這棟大房子。除了他們父子三人，還寄住著一個窮書生、一個女僕和另一個戰爭受害者的家屬。這麼一棟大房子才住六個人，實在寬敞有餘。

經過這麼多的磨難，有一件寶貝手塚卻始終沒有脫手。那是一個大懷錶，據說是歐洲某位小國國王的心愛之物。它不光做工精細，四周還有白金的雕刻，鑲嵌了許多鑽石和寶石，簡直就是一件珍貴的藝術品。因為那些寶石能在黑暗中散發出彩虹般的光芒，所以被人們稱作「國王的夜光錶」。

手塚在看了那些新聞報導之後，開始擔心了起來，很多人都聽過這個「夜光錶」，還上過報紙和雜誌，因此絕對逃不過那怪物的注意。昌一也非常擔心，有一天他問父親：「爸，我們家的夜光錶不會有事吧？」

「你說的是青銅機器人那件事？」父親面露愁容，嘴裡卻若無其事地說：「說什麼呢？不會有事的，管他是什麼怪物，怎麼可能把我們的錶從鋼筋水泥建造的倉庫裡偷走呢？就算把倉庫砸開，裡面還有保險櫃呢。而且想要砸開倉庫也沒那麼容易。」聽手塚這話似乎十分自信，但只有他自己知道心裡有多擔心。

「真的沒事嗎？他可不是一般的小偷。遇到追兵，會化成青煙逃跑的。不管多窄的縫，他都能像幽靈一樣鑽進去。」

「說什麼傻話呢？你要是這麼擔心，就去倉庫外守著吧。」

事實上，手塚幾天前就在考慮是否要找個人來看守倉庫。而就在他們談話的當天傍晚，他們倆的擔心成了事實。那天，昌一剛走到院子裡，就看見滿天的彩霞。一股沒來由的預感，讓他一心想去院子盡頭那片陰暗的樹林裡，莫非是鬼使神差？這一點他自己也想不明白，總之就這麼不知不覺地走了進去。

手塚家的院子有三千多平方公尺，包括假山、池塘和遠處的一片樹林。因為戰爭，院子已經很久沒人收拾了，樹林裡堆滿了落葉，一踩上去就發出沙沙的聲響，有些陰森。昌一好像被某種力量驅使著，一步一步向陰森森的樹林裡走去。林中樹木又高又大，一個人無法抱住，再往裡走幾步，就暗得看不見前路了，他整個人彷彿就要迷失在森林裡。

就在昌一踩著落葉往前走時，忽然聽見了一陣奇怪的聲音，好像是貝殼和貝殼在互相摩擦。難道是蟲鳴？不對，現在這個季節不可能有蟲鳴。真奇怪，唉呀，難道是機器人的磨牙聲？想到這，昌一立刻停下腳步。但聲音並沒有消失，反而越來越大。

啊，是磨牙聲，那個眾人皆知的磨牙聲。儘管昌一是第一次聽見，不過透過新聞報導，他早就知道那個青銅魔人在替齒輪上發條時會發出這樣的磨牙聲。

一定是這樣的，那個怪物就躲在樹後。昌一想到這裡忍不住想放聲大叫、拔腿而逃，可是恐懼已遍布全身，以至於他根本無法動彈，更別提喊叫了。距離他差不多一間房子的地方，有東西在黑暗中晃動。他努力想閉上眼睛，但眼睛好像被牢牢吸住了一樣，一動也不能動。

怪物從樹後走了出來。儘管天色陰暗看得不太清楚，但的確是一副銅像般的面孔和一個銅像般的身體。他沒有穿衣服，身體全是金屬。大臉上一雙空洞的眼睛，凹陷的眼窩深處有什麼在閃閃發光，應該是眼球？那張新月狀咧開的嘴變成了一個黑色的窟窿。它跟報紙上報導的一模一樣，不，比報導形容的還恐怖好幾倍。怪物邁開機械般的步伐，一點一點地向昌一靠近，磨牙似的齒輪聲越來越響。

昌一好像被石化了，完全動彈不得，眼睛一眨也不眨地盯著那個怪物。並非他有多勇敢，其實他全身早已沒有了力氣，只是不知為什麼兩隻眼睛卻始終盯著怪物不放。怪物突然伸出右手，裝著鉸鏈的青銅手指間夾著一張白色的紙。看樣子怪物是想把紙遞給昌一吧，姿勢卻難看得要命。昌一哪有勇氣去接，他仍舊像化石一樣僵立著。

怪物又向前走了一步，彎下身子，就在昌一以為他要壓扁自己的腦袋時，卻聽見新月形的嘴裡傳出金屬摩擦的聲響。不是齒輪聲，聲音比齒輪聲大多了。這聲音吱吱嘎嘎的，類似電波紊亂的收音機，好像在表達什麼。

「明天……就……輪到……你了。」不知道是不是神經過敏，昌一好像聽見他說了這麼一句話。之後，又是一句：「夜……光……錶。」昌一感覺這兩句話被重複了許多次。接著怪物直起身子，轉身，又邁開機械般的步伐緩緩地消失在黑暗之中。那張白紙掉到了地上。在怪物走了差不多一分鐘之後，昌一仍傻傻地站著，等身體恢復了知覺，才猛然撿起掉在地上的白紙，往家裡跑去。

—明智小五郎和助手小林—

就在昌一受到青銅怪人恐嚇後的第二天上午，位於千代田區的明智偵探事務所書房裡，大偵探明智小五郎正在和他的助手小林聊天。這是一間西式的寬敞書房，牆邊擺放著高至天花板的大書架，書架上擺滿燙著金字的書本。房間正中央有一張榻榻米大小的大書桌，書桌兩側，面對面擺著兩座雕花古董椅。明智小五郎正坐在其中一張椅子上，他一隻手撐著臉頰，另一隻手則照例玩弄著自己亂蓬蓬的頭髮。他的助手小林是個少年，有一張蘋果般紅撲撲的臉蛋。此時他坐在偵探對面，非常激動地對偵探說：「先生，少年偵探團的團員們都快把我煩死了。他們責問我，先生為什麼還不出手呢？」

讀過《少年偵探團》一書的讀者應該記得，小林就是少年偵探團的團長，團員們都是小學高年級和國中的學生。

「急什麼，我馬上就會接到任務的。青銅魔人到底是機器還是人？現在誰也搞不清，確實難以捉摸。小林，我們好久沒有大展身手了。」明智偵探叼著他心愛的菸斗，慢慢地吐出一串紫色的煙霧，向對面那張年輕的臉露出了一絲笑容。

「先生，那個怪物是銅製的機器人吧？聽說用手槍也打不死呢。但他要是機器人，為什麼會化成煙消失呢？這一點我實在想不通。」

「大家對這件事有許多猜測。不過，可以肯定的是，他絕不是鬼，也不是火星人。他是人，一個聰明的壞人，所以才想出這樣一樁惡作劇。我們一定要戰勝這股邪惡勢力，這將是一場智慧的較量。」

「沒錯。不過要戰勝他，我們總得先揭開他的祕密吧。」小林幹勁十足，蘋果似的臉蛋漲得更紅了。

「是的。你看著吧，馬上就會有人來尋求幫助的。青銅魔人已經出名了，再作案就沒那麼方便，所以他一定會放出風聲。越是會動歪腦筋的人，想法越反常。接到通知的人，到時一定會來找我們商量。我想也就是這兩天吧，馬上就會有人上門來求助。」

明智偵探說話時眼睛一直盯著房間的某個角落，這時突然朝小林狡黠地笑了笑。

「聽，門鈴響了，求助的人上門了。」話音剛落，小林連忙從椅子上站起來，飛快地奔向大門，沒多久就神情緊張地轉了回來。

「先生，您說得完全正確。來的人是少年偵探團篠崎的朋友，名叫手塚昌一的小學生，他爸爸也一起來了，我請他們先去客廳等您。」

明智偵探和助手小林走進客廳時，只見椅子上坐著一位儀表堂堂的中年紳士和一個穿著學生制服的可愛少年。他們互相打了招呼，昌一的父親看著小林那張蘋果似的小臉讚嘆道：「你就是小林啊。篠崎向我們說了許多你的事蹟，你和我們昌一只差兩三歲吧？沒想到小小年紀就這麼有出息。」昌一也用尊敬的眼神望著小林，小林的臉漲得更紅了。

大家重新坐定以後，昌一的父親將自己家裡藏有「國王的夜光錶」一事，和青銅魔人今晚將為了這個寶物前來他家的事敘述了一番，並把昨天傍晚魔人在樹林裡遞給昌一的那張紙條攤開放在桌子上。

「這字寫得可真不怎麼樣。」明智偵探拿起紙條看了一眼說。

「沒錯，就像是一個瘋子寫的，乍看還真搞不清是字還是畫呢。仔細看才看出上面是一些片假名。」

「明晚十點，還有，這應該是，『夜光錶』三個字。」

「只寫著明晚十點，不知道是什麼意思。那怪人是鐘錶狂，我想大概是明晚十點來取錶的意思吧。其他我就猜不到了。」

「我昨晚已經報了警。警視廳搜查科的中村組長是我的朋友，所以我向他說了這事，也提到了您。中村組長也說若有明智偵探幫忙的話事情會更容易解決。」

「是嗎?中村和我的交情一直不錯。有件事我想問手塚先生，您家的夜光錶平時都放在什麼地方?」

「我把它放在保險箱裡，藏在一個鋼筋水泥做的倉庫中。」

「哦，防範很嚴密啊。」

「要想把它偷走，首先得砸爛倉庫牆壁，然後再砸開保險箱。就算魔人本事再大，也不可能輕而易舉地得手。我也想過把夜光錶送到銀行的地下保險櫃去，可是擔心運送的途中出事，所以還是把它留在了原地。從昨晚開始，我就在倉庫附近安排了十個人巡邏，讓他們幫我把守住倉庫周圍和院子裡幾個重要的位置。要是一般的盜賊我完全沒必要這麼興師動眾，但對方畢竟是個怪物，員警也不敢掉以輕心。」

「好的。我想帶小林一起到您家看看，去之前請您準備幾樣東西。怪物不可能大白天出現，所以我們打算今天傍晚的時候過去。」

手塚和昌一得到了明智偵探的答覆，興沖沖地回了家。小林送走了他們兩位，向明智偵探低聲耳語了幾句後，也匆匆忙忙地出門了。明智偵探在電話旁坐下，開始撥電話。

──魔人與名偵探──

那天傍晚，手塚家一共聚集了十一個人：主人手塚先生、昌一和雪子兄妹、窮書生、女僕和因為戰爭之災寄住在手塚家的小職員平林、平林太太，以及平林太太的妹妹美代子、平林的兒子太一，還有太一的兩個未上學的小妹妹。另外，在院子裡的重要地點還有八個員警負責看守。明智偵探和助手小林還沒到，除去三個小姑娘，剩下的十六個人都各自把守著。這讓手塚先生稍微鬆了口氣，心想無論如何那個怪物也不可能在眾目睽睽之下出現。

令人百思不得其解的是，那個怪物不知道使用了什麼法術，竟然旁若無人地潛入了手塚家，天還沒全黑就以他那副恐怖的相貌出現在大家的面前──

廚房突然傳來女僕的尖叫聲，把屋裡的人都嚇了一跳。離她最近的一個人立即跑了過去，只見平林家的親戚美代子阿姨倒在地上，臉色慘白。女僕說，美代子剛才從浴室前經過，聽見裡面有動靜，就打開門察看，沒想到那個銅像似的怪物就站在浴室裡漆黑的一角。院子裡到處都有守衛，家裡每個房間也都有人。那怪物竟然能躲過所有人的眼睛，進入浴室，這到底是怎麼回事？美代子覺得自己一定是遇到鬼了。不，絕不是鬼。因為半個小時後，昌一和平林太一也與他撞了個正著。

手塚家是一幢寬敞的樓房，到處都有七彎八拐的長廊。其中最陰森的，要屬儲藏室前那條擺滿了衣櫃的走廊，走廊的一側沒有窗戶，另一側是儲藏室的木拉門，拉門內是一間六塊榻榻米大的房間，三面都是牆，即使是大白天，還是要開燈才能看清楚裡面的布置。昌一和太一從門前經過時，看見木拉門被開了一半，他們往裡面一看，發現大個子怪物就站在裡面。因為光線太暗，昌一不確定裡面究竟是誰，試探地問了一句：「是爸爸嗎？」那個人沒有回答，把身體轉了一個方向，熟悉的齒輪聲響了起來。這讓昌一想起那天在樹林裡聽見的齒輪聲，他睜大眼睛又看了一眼，果然是那個銅像般的怪物。兩個孩子嚇得一動也不敢動，幾秒鐘後才同時朝來的方向跑了回去，他們一看見隔壁房間的平林夫婦就立刻放聲大叫起來：「糟了，怪物在儲藏室！」

不久後，四個人手牽著手，戰戰兢兢地朝儲藏室走去。也許是聽到了孩子們的叫聲，手塚先生和窮書生也從儲藏室另一頭慌慌張張地跑了過來，隨後又來了兩名員警。

「昌一，怎麼了？你看見了什麼？」昌一沒出聲，用手指了指儲藏室，連說話的勇氣都沒有了。爸爸和員警們靠近儲藏室，兩位員警掏出了手槍，他們順著昌一手指的方向，把槍舉了起來，閃電般衝進了黑壓壓的儲藏室。昌一以為接下來一定會聽見槍聲，激烈的槍戰一觸即發，緊張得心臟怦怦跳。然而儲藏室裡一點動靜也沒有，電燈卻亮了起來，是員警打開了電燈。藉著燈光，大家一個接一個地走到打開的木門邊向內張望。房間裡除了剛才那兩位員警，哪裡有怪物的蹤影？青銅魔人又像煙一般消失了。

「怪了。你們兩個真的沒看錯？如果剛才房間裡真的有人，他哪來的時間逃跑？我們從這邊過來，你們從那邊過來，應該已經包圍住他了。房間裡除了這扇朝走廊的門，其他三面都是牆，走廊裡又沒有窗戶，他怎麼可能從我們眼皮底下逃走呢？」一個員警看著昌一，露出懷疑的神色。「我絕沒看錯，剛才那個銅像似的傢伙確實在那裡。」「對，我也看見了，我還聽見他的齒輪聲，吱吱嘎嘎地響了好久。」已經是中學生的太一堅定地說。大人們沒有理由再懷疑他們。只是這事實在太奇怪了，人人臉上都顯出驚恐的神色。一個金屬做的人怎麼可能在一瞬間變成白煙消失呢？這在科學上也解釋不通啊。難道真是鬼？可是誰都不相信這世上有什麼鬼，整件事太蹊蹺了。

不僅如此，更奇怪的事馬上就會在偵探明智小五郎的面前發生。

由於怪物已經潛入了手塚家，手塚先生囑咐看守倉庫的人打起十二分精神。在倉庫外的三個方向各安排兩個員警站崗，正面入口處有一條寬闊的走廊，他們在那放了一張長椅，由手塚、平林和兩個員警坐鎮，目不轉睛地盯住入口，昌一、太一和窮書生在附近配合巡邏。

大房子裡燈火通明，倉庫前面的走廊，以及倉庫裡面都接上了電燈。手塚不時掏出鑰匙打開倉庫大門，進去察看放在裡面的保險櫃，幸好夜光錶還在。那個怪物無論如何也無法闖進戒備如此森嚴的倉庫吧？或者說，他真的會遵守紙條上寫的，非得等到晚上十點才下手？

六點多，明智偵探和搜查科的中村組長一起來了。大家並沒有見到小林。明智偵探不是說要帶小林一起過來的嗎？小林怎麼沒來呢？難道另有原因？手塚先生把他們二位請到倉庫前，又搬了把椅子讓他們坐，然後才向他們詳細講述了傍晚發生的種種怪事。

「您看才這一下子就發生了這麼多怪事，給您打過幾次電話，您似乎還在路上。」

「哦，那太失禮了。我去找中村商量事情了，他請我過去一趟，所以來晚了。東西還在倉庫裡吧？」

「是的，是的。剛才我已經檢查過好幾次，沒有發現任何異常。」

「倉庫底下沒有地道吧？」

「是的。這個我也檢查了，警官先生們今天中午也檢查過。」

「這麼說，一個普通人是絕不可能就這樣進到倉庫裡去，對吧？」

「對，但是他的能力也許已經超出了普通人。因為剛才他消失得太不可思議了。」

主人端出茶和點心，大家邊吃邊聊，沒有任何異常。時間就這麼一分一秒地向十點走去。

九點一過，手塚先生開始坐不住了。他不自覺地拿出手錶看了看，站起來又坐下去，一副憂心忡忡的樣子。「明智先生、中村先生，我實在很擔心。我得進倉庫去，守著保險櫃一直到十點。你看倉庫的門口有紗門，從外面可以清楚地看見裡面的情況。我把它關上，不上鎖，這樣萬一有什麼意外，大家就可以立即衝進來。」

大家覺得沒必要這麼緊張，可是手塚先生還是不放心，一個人走進倉庫裡去了，之後就在倉庫正中央那個兩公尺高的大保險櫃周圍不停地打轉。倉庫裡亮著燈，透過稀鬆的紗門，裡面的情況一目了然。剛開始倉庫裡的人還和外頭交談幾句，不一會大家也都倦了，裡外一片靜默。

「九點五十五了。」中村組長看了看手錶，向明智偵探嘀咕了一句。戒備得這麼森嚴，應該不會出事。可是時間越接近十點大家越緊張。倉庫前的人們一起吞了一口口水，身子卻一動也不敢動，眼睛緊緊地盯著倉庫內部。

手塚先生仍在保險櫃前轉圈，就在他繞到保險櫃後，剛看不見身影時，倉庫裡突然傳來一聲尖叫：「哇！」坐在外面的人們都跳了起來，只見紗門內正發生著誰也想像不到的一幕：手塚先生從保險櫃的後面顫顫巍巍地走出來，他身後正站著一個怪物，彷彿壓在他身上似的。

他到底是什麼時候進去的？青銅魔人身上發出齒輪摩擦的聲響，瞪著黑洞似的雙眼，咧著新月般的黑嘴，出現在明智偵探的面前。

—奇奇怪怪—

第一個衝向紗門的就是明智偵探，他正伸出雙手準備將門打開時，「砰」的一聲巨響，倉庫裡頓時一片黑暗，原來魔人擊碎了倉庫裡的燈泡。儘管走廊上開著燈，可是光線無法照到倉庫深處，大家完全看不清魔人和手塚先生在倉庫裡做什麼。明智偵探從口袋裡掏出事先準備好的手電筒，然後再把紗門拉開，迅速地衝了進去。中村組長也跟了進去。然而，手電筒的光線畢竟太微弱了，起不了多大的作用。他們可以聽見魔人和手塚在角落裡扭打的聲音，光線卻照不到。

就在這時，保險櫃旁突然傳來有人倒地的聲音，明智偵探趕緊用手電筒朝那個方向照了照，倒在地上的是手塚先生。在手電筒的光線之中，他正表情痛苦地掙扎著，試圖坐起來。中村組長趕忙過去扶了他一把，同時明智偵探的手電筒也照到了保險櫃的正面。

「保險櫃！」剛被扶起身來的手塚先生驚慌失措地叫道。保險櫃的門已經被打開，裡面的抽屜被拉了出來。手塚先生一把扯過抽屜：「夜光錶不見了。」魔人果然遵照自己的承諾，搶走了那個著名的寶石夜光錶。可是他會往哪裡逃呢？倉庫前的走廊上亮著燈，人們都睜大眼睛看守著，任誰也別想從門口逃出去。那窗戶呢？窗戶更不可能，倉庫的窗都裝著結實的鐵欄杆。因此怪人一定還在倉庫裡，他已是甕中之鱉了。

走廊上傳來了嘈雜的聲音。昌一、太一、窮書生還有另外兩個員警和平林都跑了過來。明智得知保險櫃被打開，他立即向紗門處跑去，朝外面叫著：「平林，趕緊進來，照看一下手塚先生。書生，你把燈泡換一下。兩位警官請過來搜查一下。其餘的人都在原處看守，一有動靜就大聲叫喊。」於是，平林和兩位警官也進了倉庫，稍後書生把新燈泡拿了過來。等大家全都進來後，明智偵探唰一下關上了紗門，擋在門前，警惕地環視著倉庫裡的一切。

中村組長隨即將書生拿來的新燈泡換上，明亮的倉庫中只見平林扶著手塚先生站在一旁。手塚先生額頭上流了些血，不過沒有什麼大礙。中村走到窗戶旁，將臉湊近鐵欄杆，問在外頭看守的員警：「有什麼情況嗎？」

「沒發現異常。」員警答道。

「好，也別光盯著窗戶，還要注意牆壁和屋頂，萬一發現什麼立刻吹警笛。」

院子裡到處都點著路燈，六個員警每人手裡都拿著一個手電筒，應該不會有看漏的地方。明亮的燈光下，倉庫裡的人展開了大搜查。話說回來，青銅魔人到底會藏在哪裡呢？大家找來找去都沒有發現他的蹤影。中村組長、兩位警官、書生以及恢復正常的手塚，再加上平林，大家把倉庫的每個角落都找了一遍。

倉庫裡有一些放和服的大箱子、櫃子和擺放工具的地方，他們一個一個都打開檢查過，包括這些東西的後面、地板，所有可能藏進一個大活人的地方通通無遺漏地找過。甚至連牆壁、屋頂也全都仔細地搜了一遍，還是沒有發現怪人的痕跡。同時大家還確定這倉庫裡的確沒有祕密地道。

就在大家搜查的同時，明智偵探一直站在紗門前，一步也沒有離開，他瞪大眼睛四處巡視，生怕在大家搜查的時候，那個傢伙趁機從門口悄悄溜走。

經過一個半小時的嚴密搜查，結果仍是一無所獲。看守在倉庫外三個方向的員警也十分肯定，無論是窗戶、牆壁還是屋頂，連一隻老鼠都沒有溜出去過。另外站在倉庫門口的人也沒有看見有任何人從紗門裡出來。倉庫的厚地板也很正常，怪物絕不可能從地下逃走。也就是說，前後左右上下，沒有一點空隙的倉庫就像一個嚴密的鐵盒子，而那個巨大的金屬怪物偏偏就從它裡面消失不見了。

這究竟該如何解釋？難道他是能被肉眼看見的，卻沒有重量的氣體鬼魂嗎？不，這世上絕不可能有那樣的東西。那麼，所有搜查人員都被催眠了嗎？也不可能。在這麼緊張的情況下，不可能所有人都被催眠。大家都清清楚楚地看見了襲擊手塚先生的可怕怪物。那還有什麼解釋呢？謎底該如何揭開？

無論是手塚先生和他的家人，還是中村組長和員警們，大家都像做了一個惡夢似的，心裡惴惴不安，恍恍忽忽地互相凝視。就連名偵探明智小五郎，看上去也被這個謎搞得丈二金剛摸不著頭腦，他坐在倉庫前的椅子上，照例用手撓著亂蓬蓬的頭髮，認真地思考起來。

不過今天有點奇怪。明智偵探用手指搔頭的習慣平時都發生在他想出好主意的時候，難道這個難解的謎題，明智偵探已經有了答案？是的，我們的大偵探腦中其實已經有了一個大膽的設想。不可思議的謎團在大偵探腦子裡已幾乎要解決了，但在沒有確鑿證據之前明智偵探不會透露一個字。因此今天晚上，當聽見中村組長用略帶嘲諷的口氣說：「連我們的大偵探也被這怪物難倒了啊！」他也只是笑而不答。

——流氓別動隊——

手塚家倉庫發生怪事的同一天傍晚，夜幕初降的上野公園廣場上走過一個吹口哨的少年，他身穿一件髒兮兮的卡其色上衣，腳踩木屐。說他是流浪漢，氣色卻出奇的好，紅撲撲的臉頰像小蘋果似的。不對，這張臉好像在哪裡見過。想起來了，是小林。衣服雖然換過了，但確實是明智偵探的助手小林。

現在我們可以知道小林沒有和明智偵探一起去手塚家的原因了。可是他換了這樣奇怪的裝扮，在公園裡做什麼呢？原來這口哨聲是一種信號，沒多久，對面樹林裡就鑽出了一個和小林打扮相同的小流氓。和小林不同的是他大概才十二、三歲，比小林還年輕，頭髮亂蓬蓬的，臉色很難看。

「小林大哥，找我有事？」小流氓向小林走去，露出久違的表情，怪聲怪調地問。

「嗯，今天想請你們幫個忙。你去把大夥兒都叫過來。」小林似乎和小流氓很熟，口氣非常親熱。話才說完，小流氓就跑開了，不久後帶來十五、六個相同打扮的小傢伙。

「你們都過來，在我身邊圍成一個圓圈站好。」

孩子們趕緊順從地在小林身邊站好，看來小林在他們當中是很有威望的。小林輕咳了一聲，開始演說：「各位，說的就是你們，各位平時聽命於老大靠撿香菸為生，這很好。但是，你們有時還做些偷雞摸狗的事，對吧？你們可別想騙我，我什麼都知道。不過呢，我知道你們並不想當小偷，你們也是不得已，誰叫你們無家可歸呢？沒人養活你們，但你們也不能就這麼一直偷雞摸狗下去，是不是？今天找你們來，就是想跟你們商量一件事。怎麼樣？有沒有興趣加入我們少年偵探團？」

「少年偵探團是什麼東西呀？」孩子們七嘴八舌地問。

「等等、等等，我跟你們解釋一下。你們聽過名偵探明智小五郎嗎？」

「什麼明智，沒聽過。」

「我知道，我知道。小三子的哥哥說過，好像是個很了不起的私人偵探。」有五、六個小流氓聽過明智先生的名字。

「對，就是那個了不起的偵探，我是他的徒弟，就是助手。現在我這個徒弟要成立一個以中小學生為主的少年偵探團，我當團長，發揮我們小孩的作用，抓壞人，為社會作點貢獻。對了，你們聽過那個青銅魔人嗎？」

「聽過。」

「知道。」

孩子們像小學生一樣個個舉起了手回答。那怪物才出現在報紙上一個多月，就已經把整個世界攪和得不成樣了。

「我們要抓的就是那個青銅魔人。怎麼樣？怕不怕？」

「怕什麼呀？我還跟他說過話呢。」小流氓有時會吹牛，但就連普通的孩子也沒有人願意承認自己膽小。

「真的不怕？那就來加入我們少年偵探團。敵人就是那怪物，所以我們的工作都必須在晚上進行。白天要上學的小孩做不了這工作，也不能讓他們做，太危險了，明智先生鄭重交代過。但是，我知道你們幾個都不怕黑。原本你們也不該在這裡的，但你們已經提前長大成人了，所以這件事現在想交給你們負責。你們現在還不是正式團員，如果馬上吸收你們入團，別的團員會有意見。所以我們先成立一個少年偵探團流氓別動隊，今天就是成立儀式。」

「不要！流氓這個詞不好，可以換別的嗎？」小流氓中有三個提出了反對意見。

「你們幾個真是無知。在英國有個大偵探，名叫夏洛克・福爾摩斯。這位偉大的福爾摩斯先生就是任用了像你們這樣的小流氓和一些流浪漢當助手，才抓住了許多壞人。那個英國的偵探團就叫做『貝克街無賴痞子隊』。這些無賴痞子幫了大偵探不少忙，舉世聞名，世界上的人沒有不誇他們的。所以我們叫作『流氓別動隊』，可是一點也不遜色啊。」

小林這張嘴實在太會說了，把這群小流氓捧得高高的，他們也許是信服了，都不再吭聲。

「好，今晚我們就開工。據說今天晚上十點，那個青銅魔人會潛入一戶人家。你們就在那戶人家外面埋伏，如果看到他逃出來，就悄悄地跟著。不用全跟著，派發現他蹤影的兩三個人去就夠了。你們把他的住處找出來，接下來的事交給員警。怎麼樣，很有意思吧？到時候我也會跟你們一起埋伏。另外，如果你們這次幹得漂亮，我就請明智先生找點正經事讓你們做，以後就不用再靠撿香菸過活了，也許還能去學校上學呢。」

孩子們個個都愛冒險，跟蹤人這點小事，對他們來說簡直太容易了。如果是一個大人跟蹤，那肯定會被發現，但是屁股後面跟個十二、三歲的小孩，誰也不會當一回事。而且他們個頭小，反應更靈活。十六個小流氓立刻答應了小林宣布的任務。

小林幫他們買了車票，讓他們分五組乘坐不同的電車前往位於港區的手塚家附近。因為這些小流氓都曾當過小偷，所以特別懂得選擇不被人注意的角落蹲點。小林一句話都不用說，他們就自動三三兩兩地分散在手塚家周圍。那時才過八點，還得在寒夜裡埋伏兩個小時。不能亂動的痛苦可不是一般人能承受的。如果是普通孩子的話，早就凍得感冒了。但這些小流氓早就習慣了這樣的生活，他們撿來一些稻草裹在身上，暗自興奮地等待著怪人的出現。

─天空怪物─

小林與兩個小流氓藏在手塚家後門一個偏僻的角落，耐心地守候著。他們三人披著破草席躲進圍牆旁的樹叢裡，天冷，三個人摟成一團，緊盯著黑沉沉的夜色。

十點已過。如果魔人遵守約定的話，這時他應該已經出現在倉庫中了。

「明智先生能抓住魔人嗎？順利的話，先生應該給我們發信號了。可是到現在我們還沒等到信號，魔人說不定已經逃走了。或者那就是一封恐嚇信而已？」就在小林思考著這些問題的時候，十公尺遠的地方忽然浮現一個巨大的黑色人影。

「來了，就是他。」小林下意識地摟了摟兩個小流氓的肩膀。

那是一個沒有月亮的黑夜，黑影在白色水泥圍牆的反襯下格外顯眼。事實上，那個黑影的裝扮實在怪異，上身穿著一件寬大的黑衣，領子豎起來遮住了下巴，軟帽的帽簷低低地壓在眼睛上方。若是普通人，帽子下面的臉看上去應該有些泛白，但這個男人卻一臉漆黑，讓人心生恐懼。

不僅如此，他走路的姿勢完全就像一臺機器，笨手笨腳的。仔細聽，還真的能聽見傳聞中所說的齒輪轉動聲。小林向兩個小流氓打了個手勢，悄悄地站起來，躡手躡腳地跟在對方身後。兩個小流氓看此情景，立刻心領神會，也弓起身子，小心翼翼地跟了過來。

走了沒多久，他們來到一個廢棄的空地，四處是水泥的斷垣殘壁，除了幾處堆得高高的廢磚頭，其他什麼也沒有。遠一點的地方豎立著工廠荒廢的水泥大煙囪。怪物完全沒察覺出自己身後有人，一步一步，怪模怪樣地往前走。他步伐很大，身上的齒輪聲卻忽高忽低。高音時就像是怪物想起了什麼煩心事似的，帶著怨氣。

小林他們很擔心怪物會不會突然轉過身來，追向他們。所幸怪物連頭都沒有回，始終筆直地朝前走。遠處高聳的煙囪越來越清晰了，顯然怪物的目的地是那個大煙囪。

終於，他們來到煙囪腳下，這裡有一間磚頭小屋，應該曾經是放鍋爐的地方。小屋沒有屋頂，四周的牆壁也壞了一半，勉強剩下一個屋子的輪廓。怪物走進了小屋。

「奇怪，難道裡面有地下室？怪物就躲在那裡？」小林從遠處探頭探腦地向屋內張望。天色太黑看不清楚，但是怪物並沒有消失，而是在小屋深處的石階上坐了下來，好像是在休息，好半天也看不出他有站起來的跡象。

「就是現在了。」小林想趁這個機會跑回手塚家，把情況向明智偵探匯報，然後讓員警來包圍這裡，將怪物來個甕中捉鱉。於是他派兩個小流氓在原地看守，萬一怪物有所行動，就緊緊地跟著，寸步不離。他向兩位低語了幾句，並趁著夜色飛快地向手塚家跑去。

十分鐘，二十分鐘，兩個小流氓提心吊膽地守在原地。不知道為什麼，怪物坐在那裡一動也沒動過。他究竟在想些什麼？

又過了一會兒，黑暗中開始有了一些動靜，黑漆漆的身影從四面八方向這裡靠攏。

「來了好多員警，你們的朋友也被我拉來了。」小林在小流氓的耳邊輕聲說。其他小流氓從他身後探出臉，向同伴微微點了點頭。這時，員警們已經圍住了小屋，剎那間警笛齊鳴，巨大的手電筒光束集中到了小屋上，一時之間槍聲大作。員警們接到命令一定要活捉怪人，所以他們故意把子彈打偏。

青銅魔人在手電筒交會的光束中，嗖地站了起來，他的身體又發出吱吱嘎嘎的齒輪磨擦聲。他好像在用一種機器的語言吼叫著什麼。青銅的大嘴一張一合，空洞的雙眼射出奇異的光。緊接著，銅像般的巨大身體開始朝人群走來。

員警們被他猙獰的面目嚇得叫出聲來，連連後退，帶有恐嚇性質的槍聲更加激烈了。

怪物走出小屋，停下腳步向四周望了望，到處都是手電筒的光，夾雜著激烈的槍聲。他估計自己逃不掉了，突然向煙囪腳下走去。水泥煙囪的牆壁上裝著類似扶梯的金屬架，他手腳並用地攀上架子，朝煙囪頂端爬去。難道他要逃到天上去嗎？即便爬到了煙囪頂端，現在周圍都已經被包圍，他能逃到哪裡去呢？難道他爬到頂端身體就會變輕，然後像氣球一樣飛到高高的夜空中？

這煙囪比澡堂的還要高。怪物就像一隻機器猴子，一刻不停地飛快攀爬上去，手電筒的光線現在已經照不到他了。黑夜中，大家只看見高聳的白煙囪上有一個黑影在迅速移動。黑影越來越小，終於到了煙囪最高處。怪物身體裡發出的齒輪磨擦聲，自高空傳來，好像是對地上人群的嘲笑。

—怪人的真面目—

又過了大約四十五分鐘，煙囪四周像著了火一般亂成一團。先是中村組長給最近的消防署打了電話，一輛消防車帶著小型探照燈趕了過來。他們將探照燈接在附近的路燈線上，把刺眼的光線照向煙囪頂端。

青銅魔人還沒有飛走，他仍在煙囪頂上坐著，兩條金屬做的大長腿懸在空中搖來晃去，兩條手臂則向天空伸去，狠狠地瞪著地上的人們，體內仍然不停地發出討厭的齒輪聲。想要讓員警爬上煙囪將他捉住，這根本不可能。除了爬不上去以外，大家也不知道對方的實力。所以中村組長向消防署求救，希望能借用他們的消防龍頭向怪物噴水，使他忍無可忍，不得不從上面下來。不過，這個想法完全沒有奏效，怪物根本不受影響。

消防車的水泵◢啟動了，消防隊員們拿起水槍蓄勢待發。水管發出駭人的聲響，水流噴出，怪物全身瞬間被白色水花包裹。其實水泵之中的水壓足以將煙囪上的怪物摧

◢水泵：一種抽水的機器，也稱「水幫浦」。「泵」音ㄅㄥˋ。

毀，倘若如此一切都將前功盡棄。因此消防隊員下手輕了些，只用水瞄準他的臉，目的是讓他難受。

然而，魔人絲毫感覺不到痛苦，或許因為他只是一臺機器，完全不用呼吸，噴水對他沒有任何作用。消防隊員們煩躁了起來，手中的水也噴得更猛了。眼看怪人開始搖晃，人們不禁為他捏了一把冷汗，再這麼下去，怪人非得從煙囪上摔下來不可。但是這種擔憂還是遲了半拍，不知是水勢太猛或是怪人故意的，當人們正在為他的搖搖欲墜擔心時，他青銅的身體已經消失得無影無蹤，只是這次他沒有化成青煙，而是摔了下來。只見高空中一塊黑鐵墜落，人們情不自禁地叫出聲來。

就在這時，就是這個瞬間，地上發生了無法說清的異狀。

當時，小林就在員警隊伍後面，關注著煙囪上的情況，眼見怪物落下，正準備朝那邊跑。但他剛起步就感覺頭頂有一片烏雲襲來，之後眼前一黑，什麼都看不見了。他感覺自己的身體飄了起來，像掉進了一個很深的洞穴，後來就失去了知覺。因為當時人們的注意力都集中在怪人那裡，周圍又相當黑，所以發生在小林身上的怪事沒有引起任何人的注意。就在這個瞬間，小林從這個世界上消失了。

與此同時，青銅魔人「砰」的一聲摔在地上，發出驚人的巨大聲響，員警們全都跑了過去。手電筒的光線太弱起不了作用，於是消防車打開車燈，只見那怪物一臉慘狀地砸在地上。當然，他已經摔死了。只是令人費解的是——手臂折了，肚子裂了，卻沒有流出一滴血。裂開的肚子裡迸出大大小小數不清的齒輪，沒有任何肚腸臟器。

原來這傢伙真的是一臺機器，一個真正的機器人。操控他的動力又是什麼呢？僅靠發條絕沒有這樣的力量。如果是電動，則要在巨人身上放入大型蓄電池，這顯然不切實際。難道操縱他的動力來自至今為止還不為人所知的新發明？那發明者會是誰呢？中村組長來到魔人的屍體旁，用鞋尖碰了碰他的肩膀。這個來路不明的傢伙，就算躺在地上也無法讓人放心，不自覺地想確定他是否真的已經死了。機器人一動也不動，完全沒有任何反應。他真的死了。

「唉，什麼青銅魔人，也不過如此嘛。」中村組長看著這一地齒輪，覺得受騙了。但一想到這機器人幹過的壞事，還常常如青煙般消失，就讓人心裡很不舒服，是一種難以形容的奇怪滋味。

人們將這具奇怪的屍體團團圍住，誰也沒有說話。因為太不可思議了，所以大家根本不知道這時應該想些什麼，或者說些什麼。明智小五郎偵探撥開人群走了過來，他一言不發地走近屍體，蹲下身子，檢查了屍體的各個部位。「看，這是什麼？」說著他舉起怪物的右手。鉸鏈做的手指間緊緊地捏著一個東西，好像是一張紙片。為了不弄破紙片，明智偵探把它輕輕地從指縫中抽出來，在膝蓋上攤平，藉著消防車燈看個仔細。

「果然是一封信。這傢伙是想用信跟我們說什麼嗎？」只見紙片上鬼畫符似的寫著兩個字：「復仇」。可是機器人已經死了，怎麼復仇？簡直莫名其妙。話說回來，他本來就是鬼魂似的傢伙，雖然死了也許靈魂還在，說不定仍在想什麼怪招呢。

大家商量了一下，決定把屍體運回警視廳的理化研究室仔細檢查，員警和消防隊員各自撤回。這時，明智偵探才突然意識到他的助手小林不見了。

流氓別動隊的小流氓們，早被眼前驚險的一幕，嚇得不知所措，縮成一團，聚在一起嘀咕些什麼。明智偵探向他們打聽小林的行蹤，其中一個小流氓走了出來，說了些沒頭沒腦的話：「嗯，我也覺得奇怪，不知道怎麼回事，小林大哥消失了。我呢，剛才就站在小林大哥身邊，可是太黑了，沒看清楚，總之他就是消失了。小林大哥一下子就消失了。」

小流氓的話不明不白，小林不見了卻是事實。大家分頭找了一圈，什麼也沒有。天亮以後，小林仍然沒有出現。

究竟是怎麼回事?青銅魔人看上去已經死了，但又好像還活著。他為什麼要把小林藏起來?難道他所說的復仇就是這個?

小林到哪裡了呢?人類絕不可能就這麼憑空消失。這裡面一定有著誰都想不到的奧祕。

─鏡中怪人─

可怕的青銅魔人終於瓦解，因他而起的騷動卻沒有結束，他的鬼魂似乎正在什麼地方籌劃著恐怖的復仇計畫。

復仇計畫的第一箭，射到了明智偵探的助手小林身上。魔人從高空墜落的同時，一塊黑色的布幕從天而降罩住了小林，使他瞬間失去了意識。之後，不知過了多久，小林像是從惡夢中驚醒過來，突然睜開眼睛。只見屋子裡映照著從沒見過的紅色暗光。小林覺得很奇怪，不禁將視線轉向光的來源，原來天花板上懸掛著一個細鐵絲籠，籠裡點著一盞形狀古怪的煤油燈。他環顧了一下四周。這是一間從來沒見過的奇怪屋子，四方的牆壁有如護城河上的石牆，天花板由粗木搭成，上面還蓋著厚厚的木板。地板也只是一些大石塊，沒有任何鋪設。要說房間裡有什麼擺設，就是一張木頭床。也就是現在小林躺著的地方。

「這是哪裡？」小林想了好一會兒，才想起自己在青銅魔人從煙囪墜落時，被一塊黑色的東西罩住了腦袋，之後就失去意識了。

「原來我之前完全沒有意識啊。這裡究竟是誰的家呢？」小林試圖下床，但身體像被五花大綁似的動彈不得。費了好大的勁，才站在地板上，他搖搖晃晃地走了三步，立刻發出一聲尖叫，停下了腳步。他看見了一樣可怕的東西。

在他正面的石壁上有一個窗戶，從那裡可以看見對面的房間。窗戶那裡站著一個令人膽顫心驚的東西，是青銅魔人！明明已經從煙囪上摔下來，摔死了的怪物竟然悠閒地站在自己面前，小林十分懷疑自己是在做夢。

怪物和小林一樣，站著不動，死死地盯著對方，脖子歪在一邊，看上去好像在思考些什麼。等小林回過神，熟悉的齒輪聲又響起來了，只是小林感覺聲音似乎是從自己肚子裡發出來的。

不管怎麼樣，這麼互相瞪著對方也解決不了問題。小林試著往前走一步，結果，怪物也好像在模仿他的樣子向前進了一步。小林舉手，他也舉手，小林歪歪脖子，他也歪歪脖子。

「怪了。」小林腦海裡蹦出一個念頭，儘管有點異想天開，小林決定還是嘗試一下。他一步一步走近窗戶，怪物也一步一步地靠近了窗戶，兩個人的臉都快碰上了。小林突然伸出了右手，果然，和他想得一樣，面前只有一塊冰涼的玻璃。小林的手敲在厚厚的玻璃板上，發出「咚」的一聲。而小林像被人潑了一盆冷水似的。因為從他對面湊過來的，不是青銅魔人，而是他自己的臉。

那不是窗戶，是一塊大鏡子。鏡子架在石壁上。鏡子裡映出的小林，竟然和青銅魔人長得一模一樣。

小林不由得看了看自己的身體，他把兩隻手伸出來，仔仔細細地打量一番。這絕不是鏡子的反射，是他自己的身體，他的身體不知在什麼時候已經完全成了青銅魔人的樣子。

剛才下床時感到不適，一定就是這個原因，他的身體已經不是柔軟的肌肉，變成青銅的鎧甲了。難怪下床時，他覺得整個身體那麼緊繃、難受。小林用手摸了摸自己的臉和頭髮。臉和頭髮也發出金屬的聲音。小林被魔人施了妖法，成了一個活的銅像。

「嘿嘿，嘿嘿。」突然身後傳來可怕的笑聲，像是在嘲笑誰。小林立刻回頭去看，結果又嚇了一跳，他的身後正站著一個莫名其妙的怪物。

—地下小丑—

說是怪物，卻非青銅魔人，他是一個和這場合格格不入的小丑，雪白的臉上咧著一張血盆大口，嘿嘿地傻笑著。他身穿一件紅白條紋的寬大睡衣，臉上塗的白粉有如刷牆的石膏，兩隻眼睛像兩個紅太陽，頭上還戴一頂紅白相間的尖帽子。

小林被接二連三發生的怪事弄得一頭霧水，他呆呆地看著小丑的臉。小丑這才止住笑說：「流氓偵探，讓你受驚了。你知道這是哪裡嗎？這裡是地下青銅魔人國。我是魔人們的祕書、翻譯兼服務生，也是這裡唯一的『人』。在這個國家裡，只有我是真正的人。」

「這麼說青銅魔人不只一個囉？」小林脫口而出。然而，他嘴裡竟發出了齒輪磨合般的怪聲音，是自己從沒聽過的。難道他們連小林的聲音都改造成和青銅魔人一樣了嗎？

「對，你說得沒錯。從煙囪上掉下來的不過是一個模型，真正的魔人都在這地下過得好好的呢。」小林發出的機器音，被小丑聽得清清楚楚，難怪他說自己是翻譯。

「那你們為什麼要把我變成這樣？你肯定知道原因吧。」小林用他的齒輪音這麼一問，小丑咧開大紅嘴笑了：「這是對你的懲罰，誰叫你把魔人逼到煙囪上去呢？現在把你變成地下流氓小魔人，這樣你就不能阻止我們了。我們還打算把你的老師明智小五郎，也變成青銅魔人呢，嘿嘿！」

小林漸漸聽出了點頭緒，一顆心放了下來。原來小林並非整個身體變成了機器，只是被穿上了青銅的鎧甲，臉、脖子以上也套上了面具，他的嘴巴裡裝了一些裝置，一說話就會發出齒輪音。而且青銅鎧甲的腹部也裝了發條，不時發出齒輪的聲響。

「那麼，從煙囪上掉下來的是替身囉？你們是什麼時候把人換掉的？我一點也想不明白。」

多麼奇妙的一幕啊。一個是臉塗得像牆壁一樣白，戴著尖帽子的小丑，一個是從頭到腳都被青銅包裹的少年，他們兩個正在一盞發出紅色暗光的煤油燈下，朋友似的聊著天。

「呵呵呵，這個嘛，是魔人國的魔法，就連明智偵探也無法解開，你這小流氓就想都別想了。」

「哼，這麼說魔人化成青煙逃跑也是魔法了？」

「對啊，那是魔人國的第一魔法，還有很多種呢，慢慢你就會明白。只要來到魔人國，就別想再出去了，之後你想知道什麼我都可以告訴你。這裡可是世界上罕見的美術館哦，是魔人們長期以來，一個一個蒐集起來的。美術品裝滿了整整七個房間，其中有一間鐘錶室，最近大家就是在蒐集可用作展覽的鐘錶，我們要把世界上所有名貴的鐘錶都蒐集齊全，一個也不放過。現在我就帶你去見識一下。不，我還是先帶你去食堂，你一定已經餓了吧。」小丑做了一個「這邊請」的姿勢，小林就跟著他走了過去，一步一步，還是那個機械步伐。在一般人看來，那樣子非常難看，但是穿著青銅盔甲，就只能這麼走了。

房間與房間之間沒有走廊，而是由狹窄的石頭隧道相連。在黑壓壓的隧道裡走了大約十步之後，前方的路分成了兩條，左側道路的盡頭立著一扇結實的木門。小丑又做了一個「打開它」的動作，小林就趕緊用他不太靈活的青銅手指，打開了那扇厚重的門。門一開，小林立刻被眼前的情景嚇了一跳，趕緊把門關上。在那個巨大的石屋裡，立著一個巨大的青銅魔人，他正朝小林看過來。

——小魔人——

「啊哈哈，嚇壞了吧。接下來還有很多讓你吃驚的事呢。三分鐘，你頂住這個門，別讓人家從裡面打開，就這樣頂住，剛剛好三分鐘。」小丑咧開他的大紅嘴，捲起條紋睡衣的袖子，笑呵呵地盯著自己手上那個鑲寶石的手錶。這手錶一定也是偷來的。小林從頭到尾都不知道發生什麼事，好像已經失去了思考能力一般，傻乎乎地站在門前。約莫過了三分鐘後，小丑又怪笑著說：「好了，開門吧。嘿嘿。」

小林只得順從地打開大門，小心翼翼地往裡面看了一眼。呀，怎麼回事？剛才那個魔人不見了，房間是空的。難道房間裡還有別的出口嗎？小林向四周看了看，發現除了自己打開的那扇門以外，周圍只有石頭疊起的牆壁，連扇窗戶都沒有。還是牆壁裡藏有暗門，魔人從暗門走了？可是小丑說這裡根本沒有什麼暗門、地道，他領著小林把四面牆都看了一遍。除了幾處透氣的小孔，沒有任何可疑之處。一個銅像般的大男人就在三分鐘內化成青煙消失了。

「啊哈哈，怎麼樣？這就是魔人國的魔法，讓你見識見識。好了，先吃飯，吃飽了再帶你去見魔人國的主人，這是規矩。接下來還有更多稀奇古怪的事等著你呢。」

這是一間寬敞的大石頭房間，正中間擺了一張寬大的餐桌，桌邊圍著六把高背椅子，椅背上雕著花。小丑在一把椅子上坐下後，又做了一個讓小林也坐的手勢。屋裡同樣點著像水晶吊燈一樣的煤油燈，用漂亮的玻璃燈罩罩著，懸掛在天花板上。大桌子上放著一個拱門狀的東西，門裡懸著一個類似小吊鐘的玩意。小丑從旁拿起一根小金棍，在吊鐘上敲了幾下，吊鐘發出悅耳的聲音，聲音傳得很遠。

這鐘聲是一個信號，沒多久開著的大門那裡出現了一個小魔人，也是青銅的臉、青銅的身體，個子比小林還矮，樣子十分乖巧。小魔人雙手捧著一個大大的銀色托盤，托盤裡擺著吃西餐用的小盤子。小魔人剛準備把托盤放在小林面前，只見門口又出現了一個小魔人，他只有剛才那個小魔人的一半高，同樣手裡也捧著一個銀色的托盤，托盤裡放著一個咖啡杯。

魔人國裡也有小孩？難道機器人也會生孩子嗎？這麼說魔人國的人口還會不斷增加？先進來的那個小魔人像是哥哥，看上去有十二、三歲，後面那個像是弟弟，看上去才七、八歲。

小丑一邊咧著他的紅嘴唇呵呵地笑，一邊注視著他們。「不張嘴無法吃飯啊。」小丑自言自語地說著，便從口袋裡拿出一把小鑰匙，替小林摘掉了面具的下巴部分，呼吸立刻順暢了。

「你一個人慢慢吃，我去向主人匯報。」小丑又笑呵呵地從大門走了出去。

屋子裡只剩下小林和剛才的兩個小魔人。小林下巴上的面具被摘掉以後，說話就方便了。他問站著的兩個小魔人：「你們是人還是機器？肚子裡面都是齒輪嗎？」小魔人朝小林靠近了一步，嘴裡發出吱吱嘎嘎的聲音，似乎在說著什麼，但小林一句都聽不懂。

小魔人發現自己無論說什麼對方都聽不懂，有點著急，突然他用小巧的手指在桌子上寫起了字。「難道他會寫我們的文字？」小林吃驚地看著桌面。小魔人在桌子上重複地寫著：「我，手塚，昌一。」「什麼？你寫的是什麼？你再寫一遍。我，手塚昌一。什麼？你是手塚昌一？那站在那裡的是？什麼？雪子？你妹妹雪子？哦，我明白了。你們和我一樣，你們也是被拉到地下來戴上青銅面具，穿上青銅盔甲的。」小魔人和小小魔人聽小林這麼說，便不停地點頭。

昌一和雪子就是夜光錶被盜的手塚家的孩子。原來魔人們的目標不僅是手錶，還有人。他們一定是對手塚報警並請來明智偵探的事懷恨在心，所以要復仇，把手塚兄妹抓來，讓他們變成機器人。

魔人把三個小孩抓來的目的是什麼？明智偵探知道這個情況嗎？不，他肯定還不知道。就算明智偵探聰明過人也不至於這麼神通廣大吧。

小丑回來了。

「好吧，接著我就帶你們去參觀一下七個藏著寶貝的房間，你們一定會震驚的。」

─惡魔的美術館─

小丑帶小林他們三個到了魔人美術館。這是魔人們將偷來的各種寶貝分別放進地下的七個不同房間。放鐘錶的房間簡直是一個鐘錶店，陳列著大大小小各種鐘錶，房間的一角還豎立著一座大鐘樓。而最引人注目的就是剛從手塚家倉庫偷來的那個國王的夜光錶，它被放在一個黑色天鵝絨臺座上，閃閃發光。

佛像室像一座博物館，全是需要仰起頭才能看清楚的巨大佛像。懸掛在繪畫室內的不僅有早期的日本名畫，還有許多名聞遐邇的西洋畫。此外，還有珠寶室、紡織品室、描金室等。魔人還真是偷了不少寶貝，藏品豐富得令人咋舌。也難怪魔人們對他們的「美術館」讚不絕口。

小林目瞪口呆，他對魔人的仇恨也越來越深。真是一群可惡至極的傢伙，絕對不能再讓他們逍遙法外了。「無論如何我一定要逃出去，我得把這裡的一切告訴明智偵探和員警，讓他們將魔人繩之以法，並讓寶貝都物歸原主。我非這麼做不可。」他暗暗下定了決心。

「怎麼樣？魔人美術館很了不起吧？好，參觀完了，我們得去見見主人了。小林你還是第一次見主人吧？沒關係，別怕，他不會吃了你的。」小丑領頭走在前面，在石頭隧道裡七彎八拐地轉了幾圈，一個光線昏暗的房間就在隧道盡頭出現了。

那是一個有十塊榻榻米大的房間，四周垂著黑色的天鵝絨布幕，天花板上懸著一盞奇怪的吊燈，這間房間比之前的所有房間都暗。小林他們進去之後，正面的天鵝絨布幕晃動了幾下，從布幕後走出一個青銅魔人，接著他們就聽見了尖銳的磨牙聲，像是在罵人。

「就讓我把主人的話翻譯給你們聽，你們可聽好了。小林，你把我折騰得不輕啊。但我可是會魔法的，你一定以為我從煙囪上摔下來死了吧？你看，我還好好地活著呢。被明智偵探抓住的那個不是我，你看清楚了嗎？作為懲罰，我要把你一輩子關在地下。從現在起你不再是明智偵探的徒弟了，你得當我的徒弟。怎麼樣？高興吧？什麼？見不到明智你會傷心？哈哈，哈哈，放心吧。我馬上就讓你見到他。他也會和你一樣被我們抓到魔人國來變成青銅人的。這樣你就能每天見到他啦。哈哈，哈哈。」

小丑突然住了嘴，魔人也停止了磨牙，張開兩隻青銅大手恐嚇似的揮了兩下，轉身又鑽進布幕裡了。小林想反駁他，可惜嘴巴不能動彈（剛才吃飯時用鑰匙卸下來的下巴，這時又被裝了回去）。魔人眨眼間就不見了，根本沒給他說話的機會。

就這樣，成了小魔人的小林他們三個，在地下生活了一個星期，經歷著奇奇怪怪的事情。

青銅魔人究竟是一個，兩個，還是三個呢？誰也搞不清楚。除了第一天那個從黑天鵝絨屋裡出來的魔人以外，沒有別的人靠近過他們。他們只是遠遠看見有人在隧道裡行走，或者進入石屋。因為大家的裝扮都一樣，所以根本搞不清具體有多少人。他們試著向小丑打聽，可是小丑笑而不答。

小林在地下並沒有受太多苦，也沒有被單獨關押，只是有時候被叫去搬一些東西，做一些廚房的雜務，算不上辛苦。可是還有什麼比關在這地底下出不去，更令人頭痛的事呢？

石頭隧道的盡頭，有一處緊鎖的鐵門，像是通向地面的出口。門上了鎖，無論你怎麼用力推、用力拉，它都文風不動。有一回，小林正試著檢查這扇門，就聽見背後有人說：「嘿嘿，別動，別動，一出這個門你就沒命了，地獄之門正張開嘴等你呢。不多說了，總之要從這裡出去，你想都別想。」

不知道什麼時候，小丑出現了，像往常那樣嘿嘿地笑著。當時小林還以為小丑只不過是在嚇唬自己，之後才知道，小丑說的並非謊言。那扇門外面的確是令人生不如死的地獄。

—古井底—

如果這扇鐵門是通往地面的唯一出口，那麼魔人外出時必定要將它打開。也許他們就是趁深夜小林睡著的時候，從這裡進出的。

「這樣吧，今晚我們都不要睡，悄悄地守著這扇門。如果有魔人來開門，我們就跟著他出去。」小林與昌一商量後，決定今晚通宵守夜。這一天，離他們被抓到地底下已經過了整整一個星期了。

小魔人模樣的小林藏在隧道轉角處漆黑的凹洞裡，耐心地等待著。果然，到了夜裡，青銅魔人邁著機械的步伐從他面前經過。小林悄悄地跟在他們身後，只見魔人打開了那扇鐵門，向外走去，鐵門隨即又牢牢地關上了。小林原打算迅速地跟著他們一塊逃出去，但時間實在太短。他走到鐵門前不甘心地用力推了一把，沒想到鐵門居然打開了。似乎是魔人忘了上鎖，又好像是他們根本就知道小林已經跟了過來才故意沒有鎖門的。

小林沒時間考慮，他太激動了。他立刻跑到昌一和雪子的房間，把兩個人都叫醒，然後三個人牽著手回到鐵門前。他們緊張又興奮地走出了鐵門，反手把門關上。門外一片漆黑，完全分辨不出自己所在的方位。如果這時魔人出現就糟了，他們豎起耳朵聽了好一會兒，確定沒有動靜，魔人大概已經走遠了。

小林預料到會有這樣的情況，從口袋裡拿出廚房用的火柴，嚓地劃亮了，藉著火柴的光環顧四周。天啊，就在離他們一公尺左右的地方有個大地洞，要不是手裡有火柴，說不定他們三人早掉進地洞裡去了。他們走近地洞一看，洞壁上有臺階，洞深約兩三公尺，邊長約一公尺，是一個四方形的水泥洞。

他們又劃了一根火柴，發現這個箱子似的地洞盡頭有一個恰好能容一個人通過的黑窟窿。那應該就是通往地面的出口吧？否則還能去哪裡呢？

不過仔細想想也有些奇怪。為什麼通往地面的出口得往地下深處走呢？小林他們完全沒想到那是一個多麼可怕的陷阱。眼前只有這唯一的一條出路，就算再疑惑也只能前進了。

他們三個手牽著手，一邊安撫嚇得快哭出來的雪子，一邊憑藉記憶，按照剛才火柴亮光中看到的臺階位置小心翼翼地往下走。等到了洞底，他們又劃了一根火柴，只見眼前竟然全是水，每走一步，腳下都發出踏水聲。兩旁的水泥牆被水浸得變了顏色，這就是洞底了吧，走到哪裡都是水。

三個人毫不猶豫地鑽出了對面牆壁上只能容一人通過的小窟窿，然後又劃了一根火柴。出現在他們眼前的並不是什麼出口，而又是一個洞穴。

這是一個直徑一點五公尺左右的圓形洞口，向上伸長成圓筒狀，火柴的光線無法照到它的頂部。此外，它並非水泥築成，而是由一塊一塊的大石頭疊成的，樣子像一口古井。

「我明白了，順著這個石頭牆壁爬出去我們就能回到地面了。」話音剛落，小林才注意到筆直的石壁上完全沒有可以攀爬的臺階，要怎麼爬上去呢？小林不知所措了，他想找昌一商量，但是洞裡實在太暗，就算寫字對方也看不見。沒辦法了，他想轉身回去，卻又不甘心，大家好不容易才走到現在這一步啊。

這時，不知從什麼地方傳來了奇怪的聲音，嘩啦嘩啦，像是瀑布聲。小林心想如果當時早點返回該有多好啊，現在一切都太晚了。剎那間，從他們鑽出來的洞口裡，大水決堤似的流了出來。不，可不是「流出來」這麼溫和，整個洞穴裡的水一股腦地向他們撞了過來。

他們的腿被水流擊中，一下子三個人都跌坐在地上，好不容易互相攙扶著才站了起來，此時水已經淹沒到他們的腰部了。

想要逃就只能重新鑽回剛才的洞穴，可是那個洞口現在正像瀑布一樣不停向外噴水，稍一靠近馬上就會被沖開。即使如此，小林還是鼓起了勇氣，抱著雪子向洞口走去。不行，水勢太猛烈，像一個大棒槌，大力地把他們擊進了水中。當他們再次掙扎著站起來，水已經淹沒到他們的胸口，而且還在不斷地上漲。

眨眼間，水又已經淹到了脖子，接著是下巴……

雪子身高矮，眼看就要被水全部淹沒了，小林使勁將她舉起來，可是連他自己都呼吸困難了。同時，昌一也痛苦難耐，不得不緊緊抓住小林。小林舉著雪子，昌一抓著小林，這可怎麼辦才好啊？

小林心想這回是必死無疑了。他徹底放棄，洩去渾身的力氣，閉上了雙眼。

—臥室魔法—

小林、昌一、雪子，他們三個究竟怎樣了？就這麼被大水淹死了嗎？凶猛的大水到底從何而來？難道魔人為了要他們三個孩子的命，特地設置了陷阱？這似乎不太可能，一定有什麼原因。

就在地底下亂成一團時，地上也同樣發生著驚心動魄的事情。

位於港區的手塚家，因為昌一和雪子的失蹤陷入了混亂，兩個孩子已經失蹤一週了。不僅如此，青銅魔人還不放過他們，在他家裡頻繁出現，員警們不得不在他家四周安排更多人手。就在昌一他們被大水淹沒的時候，當天夜裡十二點，一位值夜班的員警在手塚家院子裡站崗。員警蹲著身子，正好可以從樹枝的縫隙裡，看見手塚臥室的窗戶和拉上的黃色窗簾，床頭的燈光映照在窗簾上，黑暗中的窗戶成了一塊電影螢幕。

員警漫不經心地看著那扇窗，窗簾上突然映出一個奇怪的影子，嚇得員警跳了起來。那是一個人影，不是手塚的影子，而是一個動作笨拙，卻穿著西方盔甲的影子。

「難道是？」員警悄悄地移到裝著鐵柵欄的窗邊。他把頭湊近柵欄，順著窗簾的縫隙往裡看。天啊，果然是他，他又來了。一個青銅魔人站在手塚的床尾，正要伸手抓手塚呢。就在這時，睡著的手塚睜開了眼睛，發現面前的怪物後立刻從床上直起了身子。魔人兩隻黑洞似的眼睛直勾勾地看著手塚。手塚就好像是被蛇盯上的青蛙，一動也不敢動，兩隻眼睛也緊盯著對方。

手塚扭曲著臉，彷彿就要哭出來了，終於他的嘴裡發出了叫喊聲，那是令人恐懼的叫喊聲。一聽到叫聲，員警立刻跳離窗口，一個箭步來到後門，穿過走廊飛奔到手塚的臥室門前。因為窗戶上有鐵柵欄，無法直接從窗口進去。臥室的門又緊鎖著，門把怎麼轉也打不開。手塚很小心，每天睡覺前都會把門反鎖，員警不得不吹響了警笛。

走廊裡傳來紛雜的腳步聲，另一位員警和同住的書生也趕了過來。兩名員警一起用力撞向房門，把門板撞出一道裂縫後，他們用腳把裂縫踹得更大一些，從裂縫處往裡張望，青銅魔人卻已經不見了，只有手塚一個人有氣無力地倒在床上，好像嚇暈了。

員警們破門而入，進到屋裡。他們找遍窗簾後面、床鋪底下、衣櫥裡面，但是都沒有青銅魔人的影子。唯一的門鎖著，窗戶上裝著鐵柵欄，他到底是從哪裡逃走的呢？難道又是魔法？怪物又化作青煙消失了？

所幸手塚並沒有受傷，被員警扶起後慢慢恢復了意識。「快，快叫明智先生。」說完他又癱軟了下去。

員警分別打了電話給中村組長和明智偵探的住家。組長家給的回答是：「馬上就到。」而明智偵探那裡的回答卻是：「偵探前天晚上從事務所出去以後到現在還沒回來呢。」

偵探上哪裡去了？難道他也被魔人設計抓到了地下？

員警們將暈倒在床的手塚扶了起來，又給他灌了點葡萄酒使他恢復體力，手塚這才能夠開口說話，不過他仍心有餘悸，斷斷續續地說：「那傢伙拉著我的手，好像要把我帶走，儘管他只發出了齒輪的轉動聲，沒有說話，弄不清他的意圖。不過我猜他是想讓我跟他走，好像是在說，這次他們要偷的，就是我這個人。所以我拼命地掙扎。他抱住我想把我拖走，我拼命頂住，聽到你們破門的聲音，他害怕了才放開我，自己化成煙逃走了。」

「他往哪裡跑了？這裡並沒有出口啊。」員警這麼一問，手塚臉上顯出驚恐的神色：「這就搞不清楚了，他不是逃跑，是化成煙消失了。我看見他的身影逐漸變淡，變模糊，然後就不見了。他是魔鬼，可怕的魔鬼。」

這時，接到電話的中村組長趕來了。大家按照中村組長的指示把臥室又檢查了一遍，還是沒有發現任何線索。時間已經過了午夜，大家只能更嚴密地把守，讓手塚和家人們能睡得安穩。安排完這些，手塚卻不見了。「咦，手塚到哪裡去了？人怎麼不見了？」中村看著空蕩蕩的床吃了一驚，連忙問。「剛才他說想去廁所，田中陪他一起去了。」話才說完，只見田中臉色鐵青地跑了過來：「手塚被劫走了！實在對不起，他在走廊轉角處突然就不見了。那邊的木板窗開著，魔人可能埋伏在那個角落裡。我衝到院子裡，用手電筒四處找，可是都沒找到。」

田中實在太大意了，不過這個時候批評也解決不了問題。中村叫來同住的書生，和員警們在院子裡展開搜索。大家順著手電筒的光線在院中的樹林裡找了一遍，但沒有任何發現。別說是魔人了，現在連手塚也憑空消失了。

—繩 梯—

第二天清晨，天才濛濛亮，大約五點左右，明智偵探突然出現在手塚家。「喲，明智先生您沒事吧？」中村組長高興地打了聲招呼，「那傢伙把手塚也抓走了，我們正擔心，該不會您也被抓走了吧。您兩天沒回家了，都去哪裡了呀？」

「這個你馬上就會知道。不過，我們還是得先找到手塚。快，走。」明智偵探立刻就要動身，這讓中村感到驚訝。「你到底要去哪裡找人啊？我們從昨晚開始找了這個院子好幾遍，可是一點線索都沒有。」

「我大概能猜到他在哪裡，你跟我來吧，另外再帶一個員警。」明智偵探似乎很有信心。

「好，我跟你去。要去哪裡？」

「院中的林子。」

「林子？我們都搜過了，沒什麼可疑的。」

「你們漏了一個地方。」

誰也不知道這位大偵探到底在想些什麼，但考慮到他之前的累累戰功，中村組長也只好聽從他的安排。

明智偵探將鞋子拿到走廊底下，進入院內，大步向林子走去。中村組長帶著另一位員警緊隨其後。手塚家的院子大約有三百多平方公尺，林中大樹遮天，即使白天光線也相當昏暗。明智偵探好像早就知道了目標，徑直朝前走去，突然他站住身子，用手指了指自己前面的一個地方，低聲說：「就在這裡。」

那是一口古井，用泥土疊成的舊式井臺已經塌了一半，看起來很老舊。中村組長一臉困惑地說：「這裡我們也已經搜過了，裡面就是個石壁，沒有出口。」

「噓，別那麼大聲，那傢伙就在下面，你帶手槍了嗎？」明智偵探壓低了聲音。

「把槍拿出來，說不定等一下就會派上用場。」聽見明智偵探這麼說，中村組長繃緊了神經，掏出手槍。

「你好好看看這井底。」明智偵探用手電筒向井中照了照，中村組長往下一看，嚇了一跳：「咦，水怎麼沒了？我昨天晚上，還有前幾次檢查的時候，裡面還滿滿的都是黑色的水呢。」

「這就是他們的魔法。只要他們一念咒語，井裡的水立刻退去，這裡就成了通往地下室的出入口。」

「這麼說，魔人就住在這地底下？」

「沒錯。手塚、昌一、雪子還有小林都被他們抓到了地底下。」

「天啊，這太出人意料了。將住處設在手塚家院內的古井裡，那傢伙膽子也未免太大了。」

「這就是玩魔法的人的想法，和普通人背道而馳。所以用一般人思考問題的方法來尋找他們的祕密是行不通的，我們也得逆向思考。好了，我先順著這個繩梯下去，你們跟在我後面，萬一發生什麼不測，你們就儘管開槍。」

「我們就三個人，人手會不會太少？萬一他們人多怎麼辦？」

「不要緊，我基本上已經掌握了他們的祕密，三個人綽綽有餘了。」

明智偵探打開夾在腋下的一個報紙包，從裡面拿出一個黑絲線編的繩梯，線雖細卻很結實。他把繩梯一頭的金屬鈎掛在井臺上，將繩梯放入井中，然後小心翼翼地順著繩梯爬進了井裡。

井有三公尺深，石壁上布滿了青苔，感覺非常老舊，而井底卻是由水泥鋪成的，遠比整個古井來得新。誰會用水泥鋪設井底呢，簡直前所未聞。難道正如剛才明智偵探分析的那樣，這井底就是通往魔人住處的入口？井底很寬敞，足足可以容下兩個大人。明智偵探順著繩梯下到井底之後，不聲不響地將手電筒的光線照向石壁，好讓隨他而來的中村組長看見腳下的路。

石壁上有一個小洞，大小正好能容一個人穿過。明智偵探率先鑽了進去，洞的另一側是一個四方形的水泥箱子。他朝那個方向走去，再往上爬之後，面前出現了一道關閉著的大鐵門。

讀到這，各位讀者一定察覺出來了吧。對，這就是那個井底，小林、昌一、雪子他們三個被大水圍困的那個洞穴。從那時算起，到現在只過去了八個小時，莫非大水已經全部被泥土吸收了嗎？不，不是這樣的。井底是水泥鋪成的，並不吸水。那大水怎麼不見了呢？如果小林他們被水淹死了，應該能發現他們的屍體啊，但是現在這裡什麼也沒有。更讓人想不通的是，如果魔人是在小林他們逃跑的時候放出大水，阻擋著他們去路的話，現在也照樣可以放水阻止明智偵探一行人的進入，不是嗎？魔人為什麼沒有放水呢？難不成他們沒發現偵探已經來了嗎？所有的疑問馬上就會揭曉，大家也馬上就會知道明智偵探到底有多了不起。

—大偵探的魔法—

明智偵探從口袋裡掏出不知道哪裡弄來的大鐵門鑰匙，三兩下就把門打開了。青銅魔人該不會就躲在門後的黑暗中吧。中村組長絲毫不敢大意，手裡緊緊地握著手槍。但門裡面只有一條黑漆漆的隧道，直直地通向遠方，除此之外一個人影也沒有。

明智偵探打開手電筒毫不畏懼地向隧道深處走去，中村組長與另一名員警也小心翼翼地一面留意著周圍的情況，一面緊跟在後。明智偵探彷彿對隧道裡的情況十分熟悉，在轉彎處也絲毫沒有猶豫，一個勁地往裡面走。他們在昏暗的隧道裡轉了幾次彎，來到了一間掛滿黑色天鵝絨布幕的房間。對了，各位讀者你們想得沒錯，就是小丑帶著小林他們會見青銅魔人的那間房間。他們一進入房間，就發現黑色的天鵝絨布幕下躺著一個人。

「呀，是手塚！」中村組長不禁脫口而出。倒在那裡的手塚手腳被捆，身上還穿著寬大的棉睡袍，似乎失去了意識。三個人趕忙過去解開了手塚身上的繩子，將他扶起。但是手塚連說話的力氣都沒有，他微微抬起右手，指向對面那塊布幕。

那是一塊皺褶繁複的垂幕，內外有兩層，後面隱約藏著些什麼。等大家回過神來，才聽見周圍出現了齒輪聲，那種吱吱嘎嘎的討厭聲音。三個人不約而同地做好了迎戰準備。手塚始終指著布幕的接縫處，一張臉嚇得鐵青。

也許是心理作用，皺褶繁複的布幕好像在微微晃動。莫非是天花板上的吊燈在搖晃？又或者是躲在布幕後面的魔人馬上就要現身？中村組長把手槍舉了起來，擺出隨時準備開槍的姿勢。

「等等，別亂開槍，把手槍先交給我。」不知道為什麼明智偵探奪過了中村組長的手槍。而另一位員警並沒有隨身帶槍，唯一的武器現在到了明智偵探的手裡。緊接著，明智偵探朝房門口走去，關上了門，交代那位員警：「你站到門口那裡去，在我下命令之前絕不要開門，不管是中村，或者手塚，包括我，都不要放出去。明白了嗎？」儘管員警眨著一雙困惑的眼睛對命令表示不解，但對方畢竟是發現了魔人巢穴的大偵探，就算不理解也得執行命令。員警走到緊閉的房門前，下定決心連一隻老鼠也不放出去。

「中村先生，我們馬上就要跟青銅魔人見面了。」明智偵探說著大步向布幕走去。中村組長注意到明智偵探看自己的眼神有些異樣，心裡跳了一下。這分明是一個搗蛋鬼要做壞事之前，強忍住笑意的眼神。為什麼明智偵探會在這樣危急的關頭露出這種眼神呢?中村組長一時之間有些摸不著頭緒。

就在這個時候，明智偵探閃身從布幕接縫處鑽了進去。簡直太胡鬧了，青銅魔人肯定就躲在布幕裡面，明智偵探竟然一個人闖了進去。中村組長兩眼直盯著布幕，握緊了雙拳，雙眼一下也不敢眨地等待著即將發生的打鬥，布幕應該很快就會像波濤一樣翻滾起來吧?

然而，扭打的場面並沒有發生，沒多久布幕向外隆起，接著又向左右兩邊一點一點地打開，露出了一個黑色的物體。布幕完全拉開了，那銅像般的傢伙，可怕的青銅魔人出現了。

中村組長不禁握緊了拳頭，往後退了幾步。魔人咧開他那張新月形的嘴，冷笑著向他們逼近，好像有什麼人在背後推他一樣，一步一步從幕後走了出來。這時候明智偵探在哪裡呢?難道一進去就被魔人擊倒了，躺在布幕後面?如果真是這樣，那就再容不得絲毫猶豫。中村組長向前跨了一步，決心與魔人決一死戰。

不過，還請各位放心。明智偵探可不是那麼容易被打敗的。此時他突然從魔人的身後跳了出來，臉上帶著微笑。

「別怕，中村先生。我現在就來收拾這個傢伙。你睜大眼睛看仔細了，我馬上就要施展魔法啦。如果青銅魔人能當什麼魔法師，我明智小五郎現在也露一手給你看看，絕不會比他遜色。」話音剛落，明智偵探就繞到魔人身後，蹲了下來。只聽見「啪噠」一聲，青銅魔人左右搖晃了幾下，威猛無比的青銅之身瞬間如同洩了氣的皮球般癱軟下來，魔人的脖頸和聳起的肩膀垂下，好像一個融化的糖人，正在一點一點消失。剛才還威風凜凜的魔人現在變成一塊青黑的墨團，彷彿揉皺的和服般，了無生氣地癱在地上。

「中村先生，青銅魔人的隱身魔法就是這個，讓他像青煙般從密不透風的房間裡脫身的魔法就是這個。」明智偵探說著，用腳踩了踩地上那一團軟綿綿的東西。那團青黑色，海蜇狀的物體突然又像活過來了一樣扭動了幾下身體。

──橡膠人──

「中村先生，這就是青銅魔人的真面目。」明智偵探面露微笑地說。中村組長做夢也沒想到結果會是這樣，一時答不上話。「很意外吧。你看這傢伙是一個橡膠人。他的腿後面有兩個大孔，平時關著閥門。我剛才就是卸了他的閥門，你不是聽到『啪噠』一聲嗎？沒錯，他身體裡的空氣一下子全從這兩個大孔裡漏出來，人就癱下來了。」

原來如此，真是前所未聞。那個青銅魔人竟然是橡膠做的，太難以置信了。可是這連靈魂都沒有的橡膠人，怎麼會去偷東西，還在大街上亂跑呢？中村組長想不明白其中的奧妙，只好乾眨著一雙困惑的眼睛。

「當然他並不是原先的那個魔人。來，我演示給你看。」明智偵探說完走到布幕後面，拿來一根類似煤氣管的長皮管，「這根長皮管跟後面的空氣壓縮機相連，我們只要按下按鈕，機器就會運轉，空氣便通過管子灌進來，原理就跟用空氣壓縮機給自行車輪胎打氣一樣。」明智偵探在那堆癱軟的橡膠上摸索了一會兒，找到了充氣孔。他將皮管前頭的螺絲插入充氣孔中，只聽「咻」地一聲，剛才還像一塊爛抹布的橡膠人馬上扭動起來，身體一點一點膨脹著。「你把它腿後面的閥門關上，等一下它就會恢復原狀。不過我們沒必要這樣做，只要能弄清橡膠人身上的祕密就可以了。」

儘管沒有關上閥門，空氣的強大衝力也讓橡膠人膨脹了起來，它現在看上去就像一隻趴在地上的青黑色海龜。空氣進入它的頸部，那張可怕的臉也脹大了一半，皺巴巴地顫動著。

「哦，我明白了。這傢伙不是真正的魔人，是魔人的替身啊。」中村組長終於意識到了這一點。

「沒錯，橡皮人自己並沒辦法活動，它只是在魔人不在的時候，代替魔人站在這個布幕後面裝裝樣子。所以它一定需要有人來幫它把布幕稍微掀開一點，好讓我們看到它的樣子，或者讓它發出齒輪聲，這都需要有人來幫忙操作。所以，這裡肯定有一個魔人的隨從，也就是裝扮成小丑的那個人。」明智偵探說到這裡停了下來，向中村組長走去，湊在他的耳旁嘀咕了幾句。緊接著，中村組長向站在門口把守的員警招了招手，將他叫到面前，也同樣小聲地向他交代了幾句話。

正當明智偵探準備走向手塚先生時，突然吃驚得停下了腳步。

「手塚先生，您臉色很不好啊，是不是哪裡不舒服？」雖然捆住手塚先生手腳的繩子已經被員警們解開了，但他看上去還是非常疲憊，有氣無力地蹲在剛才那個角落裡，臉色蒼白。

「啊，沒關係。」手塚先生極力忍耐著，聲音微弱。

「中村先生你到手塚先生這邊來，如果他撐不住就趕緊帶他出去。」中村組長和另一位員警分別走到手塚先生兩側，想把他攙扶起來。

「啊，不、不、不用，我不要緊。我現在更擔心昌一和雪子，他們兩個現在到底怎麼樣了?在哪裡呢?」手塚先生可不願丟下自己的兩個孩子，一個人離開魔人的藏身之地。

對啊，昌一、雪子，還有我們的小林，他們三人現在究竟怎麼樣了?他們在那個古井底下，眼看就要被大水淹沒了，後來到底發生了什麼事呢?

「放心吧，手塚先生。昌一和雪子他們都很好，我現在就帶你去見他們。」明智偵探安慰他說。原來三個孩子都得救了。不過到底是誰，又是如何救他們的呢?

驚異箱

「明智先生，這個橡膠人的祕密我們已經解開了，但真正的青銅魔人在哪裡呢？手塚先生總不會是被這個橡膠人抓來的吧？」蹲在手塚先生身邊的中村組長滿腹疑問地問道。

「真相馬上就會大白了。現在請你們耐心地等一下，我先給你們看點東西。中村先生、手塚先生，演出就要開始，你們看仔細了。」說著明智偵探詭異地笑了，又一下子鑽進布幕裡面。明智偵探意味深長的話讓中村他們三人預感到即將會發生些什麼事，三個人都一言不發地等待著。這時，天鵝絨的布幕又晃動起來，從接縫處跳出一個紅色的東西，像從魔術師的驚異箱中蹦出來似的，一個小丑已然站在他們的面前。小丑穿著紅白條紋的寬大衣服，頭上戴著尖頂帽，臉上塗著白粉，雙頰紅得跟太陽一樣。

中村三人瞪大了眼睛，一句話也說不出來。小丑擋在他們面前，突然放聲大笑：「哈哈哈哈，怎麼樣，被我的戲法騙過了吧。我只用了一分鐘化妝、換衣服，動作快吧？怎麼樣，還不明白？是我呀，明智小五郎。我把自己裝扮成魔人的小丑徒弟了。」

「搞什麼鬼，原來是你呀，嚇了我一跳。你扮成這樣想幹什麼？」中村組長語氣不高興地問。

「其實，昨晚夜深以後，我就以這副模樣去了一個地方，還大鬧了一場，給他們來場將計就計。手塚先生，你現在知道了吧，作為一名偵探還要會扮裝和變戲法。」

「這麼說，你偷了小丑的衣服？那真的小丑呢？他到哪裡去了？難不成你……」中村組長擔憂地問。明智偵探做了個手勢打斷他，接著又哈哈大笑起來：「你馬上就能見到他了，請稍等片刻。」說著他就像剛才從幕後出來時那樣，迅速地又鑽進了布幕之中。不一會兒，布幕好像被風吹鼓了一樣起起伏伏，捲了起來，掛在天花板的繩索上。布幕被掀開後，裡面的情形一覽無遺。

只見明智偵探面帶微笑站在那裡。剛才的小丑早已不知去向，大家面前只有一個如假包換的明智小五郎。真不知道他是怎麼弄乾淨的，臉上的白粉、胭紅居然一點都沒有留下，真的就像變魔術。

「接下來就請大家看看真正的小丑。」在明智偵探的身後放著一個擺放佛龕用的大櫥子，櫥面上塗著黑油漆。明智偵探走上前，拿鑰匙撥弄了幾下，兩扇櫥門就一左一右地打開了。

房間裡只有懸掛在天花板上的那盞煤油燈發出的微弱光芒，所以看不清楚櫥子裡的模樣，不過那裡面的確有一個只穿了一件汗衫的高大男人，他被捆住了手腳，躺在那裡縮成一團。

「哈哈，這下你們明白了吧。這傢伙兩天前就被我關在這裡，這兩天都是由我裝扮成他在這裡活動，當然我會按時給他送吃的。手塚先生，您明白了吧？這個櫥子裡原本放著魔人從某個寺廟裡偷來的一尊佛像，我把佛像搬到別的地方之後把這傢伙關了進去。」

「那他也是魔人的幫凶囉？」中村組長氣得恨不得立刻衝上去。

「沒錯。不過把他關在這，他就哪裡都去不了了，放心吧。」明智偵探關上櫥門，上了鎖。

「好了，手塚先生，讓您久等了。我這就帶你到昌一和雪子那裡去。」聽到明智偵探這話，中村氣呼呼地說：「原來你早就知道他們在哪裡了呀，那你還裝什麼小丑，在這裡磨磨蹭蹭的幹什麼？趕緊帶我們去呀。」

「唉，別急嘛，做事總有個先來後到。我還想讓手塚先生看看我這個裝扮高手的本事呢。好吧，現在你和手塚先生跟我來吧。」

明智偵探帶頭打開了門，向隧道的深處走去。中村組長則和另一位員警一前一後保護著臉色蒼白的手塚先生。

—犯人在此—

轉過昏暗的隧道是另一個房間的出口。各位應該很熟悉，它就是擺放鐘錶的那間屋子。不用說，一行人一進到屋就被屋裡大大小小，琳琅滿目的鐘錶嚇住了。

「手塚先生，快看，你那個國王的夜光錶在這裡呢。這下可以放心了吧，等一下我們出去時把它帶走。」

手塚先生緊緊盯著那個錶，眼裡露出喜悅的光芒。可是明智偵探並沒有停下腳步，他們不能在此久留。穿過擺放繪畫的屋子和紡織品展廳，他們走進了最陰森恐怖的佛像屋，懸掛在天花板上的煤油燈發出幽暗的光，鬼怪般的佛像密密麻麻地陳列著。

「太不可思議了。在地下建造這麼大的地下室，還蒐集了如此多的美術品，一般人根本做不到。他是在什麼時候做出了這樣的大事？」中村組長有感而發地嘀咕著。

「我起先也很震驚，不過現在對這裡的情況有了大致的了解。這些美術品都是他們長年累月蒐集而來的，以前存放在別處。至於這個地下室是德川幕府末期，某個大名◢為祕密集會的人建造的場所。明治時期，主人封掉了入口，所以幾乎沒有人知道。

◢日本封建時代對大領主的稱呼。

一直到這些魔人從古書中得知了這裡的情況，開始偷偷著手改建，再將美術品一件一件地搬過來。因為佛像體積太大，他們不得不拆毀古井底下的石壁，然後再按原樣修復，所以現在那裡還有修過的痕跡。怎麼樣，手塚先生？你這個主人不知道的事，我可一清二楚啊，哈哈哈。」明智偵探意味深長地笑了。

他們幾人在佛像之間穿行，不知什麼時候，始終走在前頭的明智偵探突然不見了。此時四周都是真人大小的佛像，混在他們中間的明智偵探，一下子不見了。

「明智先生，明智先生，你在哪裡？」大家連叫幾聲都沒有回應，昏暗的屋裡一片寂靜，只有林立的佛像陰森森地笑著，中村組長也感到了一絲恐懼。

三個人在佛像間來來回回尋找著明智偵探的身影，卻聽見了令人不快的聲響。對了，就是那個聲音，吱吱嘎嘎的，怪物磨牙般的機械聲。三個人瞬間停住腳步，像被釘住了一樣。只見層層疊疊的佛像之間閃過一個青黑色的影子，然後越來越大，眨眼之間三個人的面前就出現了一個怪物——青銅魔人。三個人不由得向後退去，而魔人也彷彿追趕他們似的，一步一步地向他們逼近。這次可不是橡膠人了，他邁開腳步像人一樣走過來，兩手張開，眼看就要抓住他們了。

有件事仍令人費解。在這巨大的魔人身後還有幾個青黑色物體在轉來轉去，他們也有魔人的模樣，身材卻矮小一些。難道魔人還有孩子嗎？一個、兩個、三個，是三個小魔人。他們手牽著手，跟在大魔人身後慢慢地走過來。

「站住，再向前一步，我就開槍讓你立刻沒命。」中村組長拔出槍護住手塚先生。

沒想到，不知道從哪裡傳來了吃吃的笑聲，而且越來越大，越來越響，最後簡直就像看到一個大笑話似的，笑得格外開心。是魔人在捧腹大笑。

就在大家目瞪口呆的時候，魔人突然雙手抱頭，將手向上一伸，魔人的頭被拔了起來，懸浮在半空中。哦，不，不是的，魔人居然出現了兩張臉。一張由雙手捧著懸在空中，另一張則和身體緊緊相連。和身體相連的那張臉並非青銅色，而是一張普通人的臉。這臉好像有點面熟，還帶著微笑。

「我呀，是我。不好意思，三番兩次地嚇唬你們，對不起呀。我是想讓你們看看除了橡膠人，魔人還有這種類型的。」原來是明智偵探。那個被摘下來的頭其實是青銅頭罩，這時正被他捧在手上。青銅頭罩的背面有一條縱向的裂縫，用鑰匙將它打開，頭罩便可任意脫卸。

「這就是青銅魔人身上的祕密。也就是說他們穿著青銅的鎧甲，戴著青銅的頭罩，到處走動。對了，我身後的這三個小魔人，你們猜是誰？他們就是昌一、雪子和小林啊。他們都被罩上了魔人的鎧甲。大的是小林，中間的是昌一，最小的就是雪子。」

聽明智偵探這麼說，手塚先生高興得叫了起來，跌跌撞撞地向他們走去，小魔人們也一塊兒朝他湊過來。手塚張開雙臂將最小的魔人雪子一把摟在了懷裡。

孩子們都安全了，貴重的夜光錶也找到了，剩下就是要將那可惡的魔人繩之以法。

「明智先生，對於你的高明我實在是佩服得五體投地。只是你每次都把我們嚇得半死，這一點我可不敢恭維。不過這點小事也不必計較了，我最想知道的是犯人，就是那青銅魔人到底在什麼地方？你不會把他放跑了吧？」中村組長湊到明智偵探面前，語帶責難地問道。

「凡事總有先來後到嘛，我一定會把犯人交到你手裡，怎麼可能放跑呢？」明智偵探信心十足地笑著說。

「好，不愧是大名鼎鼎的明智偵探。那你說犯人在哪裡呢？」

「就在這裡。」中村組長嚇了一跳，他向四處望了望——昏暗的石屋裡到處都是真人大小的佛像，真是個玩捉迷藏的好地方。

「你又在跟我們開玩笑了吧？別讓我們乾著急了，快點說吧。那傢伙現在到底在哪裡呢？」

「就在這裡。」

「這裡是哪裡？」

頭部以下還穿著青銅盔甲的明智偵探抬起右手，用青銅食指直直地指向前方。中村組長趕緊順著他手指的方向看去。可是，那個方向並沒有什麼可疑之處。除了手塚先生和三個小魔人，還有另一名員警之外，就只剩他們身後的佛像了。明智偵探絲毫沒有移動他的手指，始終指著同一個方向，意思似乎是這事已經水落石出了。

中村組長又朝那個方向看了一眼，他瞪大眼睛，凝視片刻。原來，明智偵探指向的，正是手塚。中村組長反覆確認了幾次，結論只有這一個。中村組長不知所措了，因為他根本不相信手塚會和青銅魔人有什麼關聯。

—古井的祕密—

手塚就是魔人？這怎麼可能？手塚家的夜光錶被盜，孩子被綁架，他明明是受害者。難道說魔人是藏在這密密麻麻的佛像之中？大家被明智偵探弄得錯亂了，愣愣地看著他。

「中村先生，你這腦袋瓜還真是不靈光。那我就跟你詳細說明吧。」明智偵探放下一直抬起的右手，站在原地開始了他的敘述。

「我之前跟大家說過，前兩天我曾偷偷潛入地下室，將魔人的手下——小丑關進了櫥子裡，然後裝扮成他。昨晚我還以小丑的模樣做了不少事。首先我想說明這一點，三天前我發現手塚家的古井就是通往魔人住處的入口，井裡平時都有水，但那天我拿手電筒照了一下，卻發現井裡的水乾了。因為覺得事有蹊蹺，我就躲在林子裡，暗中監視。果然不出所料，青銅魔人從古井底下毫無防備地出來了。我想這時應該先到井底去看個究竟，就沒有跟蹤魔人。等魔人走了以後，我進到井裡。結果你們知道怎麼樣？井裡居然湧出很多、很多的水，水勢大到都捲起了白浪。怎麼樣？你們現在明白了嗎？其實這是個很精妙的想法。井底平時都有水，所以誰都不會起疑心，魔人只要在進出的時候把水放乾就可以了。之後我檢查了井底的石壁，原來石壁後面藏著一個巨大的蓄水池，一按按鈕，井底的水就會被馬達抽入蓄水池中，電源是魔人從附近的高壓線上偷的。水放乾以後，他將繩梯一頭扔出井口，鉤在井臺邊，再順著繩梯爬出地面。這個繩梯其實就是一根結實的絲繩，每隔三十公分打一個結，所以團起來正好可以放進口袋裡帶走。

魔人出去之後，一分鐘內蓄水池口自動打開，把水放出來，水很快就淹沒井底，不留任何痕跡。我想盡辦法試圖趁魔人不在時潛入他的地下住所，但井中沒有水的時間實在太短，根本沒辦法進去。所以我回家一趟，做好了充分的準備。第二天夜裡，我看到魔人出去之後就順著繩梯下到井底。當然我已經決定要潛水了，身上穿好橡膠的衣褲。井水非常冷，我潛入井底，找到旁邊的洞口，穿過洞口進入地道，在一分鐘之內完成所有動作。之後我擦乾身上的水，換上裝在橡膠袋裡帶進來的衣服，偷偷地巡視一下地下的每一個房間。我發現了三個小魔人，並確認看守小魔人的只有那個小丑。我躲在暗處仔細觀察，將小丑說話、走路、做事的各個細節都記在腦子裡，再趁其不備襲擊他，把他捆起來塞進櫥櫃裡。

接著我換上小丑的衣服，扮成小丑的模樣，碰巧鑰匙就在小丑的口袋裡。已經變成小丑的我用了兩天時間才查清魔人的真實身分。這工作可不輕鬆，魔人幾乎天天外出，只有深夜才偶爾露面，我費盡了心思，想弄清他的真面目。最後，他的祕密終於被我揭穿了。我沒有向三個變成小魔人的孩子暴露自己的身分，他們始終把我當作魔人的手下小丑。昨晚一個疏忽，差點就出了大事。孩子們悄悄商量了一個計畫，準備趁魔人外出的時候進入井底，結果被捲入從蓄水池湧出的井水中，險些喪命。」

各位讀者，大家一定還記得小林、昌一和雪子在井底被水淹沒的一幕吧。明智偵探現在所說的就是那件事。

—揭穿騙局—

明智偵探的敘述仍在繼續。

「我事後才感覺到異樣，趕緊飛奔過去按下了按鈕，發動馬達把水抽乾，救了三個孩子。這麼冷的天，孩子們從頭到腳都溼透了。我幫他們脫下魔人的鎧甲，擦乾身體，再帶到廚房的暖爐前取暖。那時我已經得到了脫卸鎧甲的鑰匙。不過我還是讓孩子們先穿回鎧甲，中村先生你知道我為什麼要這樣做嗎？其實他們三個被抓時穿的衣服也還保留著，他們完全可以穿自己的衣服，而我還是特意讓他們穿回鎧甲，原因我現在就來告訴你們。」明智偵探說著意味深長地笑了笑，其中定是藏著別人都不知道的祕密。

「這兩天我已經將魔人的騙局調查得水落石出。直到今天我們還以為魔人只有一種固定的樣子，這簡直大錯特錯。雖然魔人每次出現時的模樣都相同，實際上他們卻有三類。根據情況，他們會選擇不同的姿態出場。這就是他們最陰險狡猾的地方。

第一類魔人，就是我現在這個樣子，將鎧甲穿在身上，因此他們行動方便，能爬、能跑。雖說爬得並不快，但他們故意那麼做，好讓我們相信他的身體由機械控制。第二類魔人，就是前幾天我們用消防水龍從煙囪上沖下來的那種。他們腹內的確裝著各種機械，用槍也打不倒。所以他們通常出現在人們不能靠近的地方。他故意引誘我們用槍射擊，好讓我們相信他是打不死的。然而他畢竟不是真人，所以沒辦法自己走動，得由真的魔人趁天黑把它搬出來，再移回去。煙囪那次就是由真魔人先爬上煙囪，再讓這個假人來做替身。他們為什麼能成功呢？因為當時可以逃跑的地方就只有煙囪一處，真魔人事先將肚子裡都是機械的傢伙懸在煙囪內側，爬上去後讓替身坐在煙囪頂上，自己沿著事先掛在煙囪內側的繩梯下去，之後迅速脫掉鎧甲，變成一個普通人混在騷亂的人群裡逃走。當然他把鎧甲和繩梯都放進包袱裡一起帶走了，現場沒有留下任何痕跡。第三類魔人，就是剛才你們看到的充氣橡膠人，他扮演的是化成青煙逃跑的角色。在手塚家的浴室、儲藏室、倉庫以及昨晚出現在手塚臥室的都是這種橡膠魔人。手塚家裡藏著空氣泵，空氣泵的氣管可以給橡膠人充氣，充氣後將它藏在暗處，發現他的人通常都會嚇得跑去找幫手，趁這個空檔拔掉空氣閥門，橡膠人體內的空氣立刻就洩漏出去。因為兩個腳掌的閥門都被掀開，所以空氣洩漏的速度特別快。等到去找幫手的人回來時，它早就不見蹤影了。

事情的原委就是這樣。至於那個會發出齒輪聲的機械不過手錶大小，藏在哪裡都行，上緊發條後自然就會發出那種難聽的聲音。至於洩了氣的橡膠人折起來可以藏到任何地方。浴室那次可能被塞進了水桶裡，再將水桶反扣上；儲藏室那次大概放進了抽屜；倉庫裡的那次嘛，那天燈泡壞了，裡面一片漆黑，有人趁機把它藏在放和服的箱底。雖然大家仔細搜查了整個倉庫，但大家的注意力都放在銅像般的龐然大物上，誰會想到它已經被折成和服大小放在箱底了呢？至於昨晚在手塚臥室，不是被放在衣櫥抽屜裡面就是床單下面。」

「等一下，明智先生。那這又怎麼解釋？好幾次人們都看見魔人在大街上奔跑，跑著跑著就突然消失了。如果是橡膠人怎麼可能跑呢？」中村組長趁明智偵探說話的間隙，提出了疑問。

「嗯，這又是另外一個騙局。魔人利用了好幾處的人孔蓋。明白嗎？他真是老奸巨猾，那些人孔蓋每條街都有。但我們每天走在路上，如果有人問起它的位置，我們還真想不起來。這就跟我們誰都回答不出每天上學的學校究竟有多少級臺階是一樣的，因為我們的注意力存在著盲點。魔人利用了大家的這個弱點做了充分的準備，在作案後逃逸的路線上挖了許多地洞，上面蓋上人孔蓋。銀座白寶堂案發後，他消失在護欄附近。也是因為他在那樣偏僻的地方事先挖好了假人孔蓋，然後躲在裡面，一直屏聲斂息地等著。我問過小林，他說煙囪事件那天，他感覺自己是從背後被人用大包袱布罩住，一眨眼就帶到了地下。這說明當時那裡也有一個假人孔蓋，他是暫時被關在裡面。」

「哦，原來如此。」中村組長抱著手臂陷入了沉思，他為自己被這哄小孩子的把戲耍得團團轉而懊悔，「可是要準備這麼多盔甲呀、橡膠人之類的東西也不是一天兩天能辦到的吧。」面對中村組長的疑惑，明智偵探很輕鬆地回答道：「他們有個祕密小工廠，花了兩年時間做出了這些東西。我打算把那裡也關掉。」

—是怪盜二十面相—

「手塚先生。」這時明智偵探重新轉向手塚，厲聲喝道，「魔人的祕密已經徹底敗露了。你可以認輸了吧？」

「什麼？你說認輸？」身著睡衣的手塚一隻手摟著昌一，一隻手摟著雪子，兩個小魔人模樣的孩子，滿臉訝異地看著明智偵探。

「你就是青銅魔人。」

「我？青銅魔人？你到底在說些什麼呀？我的兩個孩子被綁架，自己也被帶到了這裡，手腳剛才還被捆著。說我是青銅魔人，你瘋了吧？」

「不，你不是被捆，你是自己把自己捆起來的。昨天晚上你假裝遭到魔人襲擊，然後穿著睡衣從走廊跳進院子裡，再鑽進古井躲藏在這裡，企圖製造手塚失蹤的假象。只有這樣你才能停止扮演青銅魔人，從此世上再也不會有手塚和魔人。但你萬萬沒想到，當你探頭向井底看時，井裡已經一滴水也沒有了。平時你都是順著繩梯，到井中才按下石壁裡的按鈕，讓馬達把井水抽乾，這次你還沒按按鈕，井底的水就已經沒有了。你覺得奇怪就順著繩梯爬到井底，進入地道，按下放水的按鈕，但不知是哪裡故障了，水沒有出來。你檢查了藏在石壁後邊的馬達，發現電線斷了。就在你急得團團轉時，天亮了。你想找小丑幫忙，他卻不知去向。這時你聽到我們在井外的談話，知道我們要放繩梯下來。你感覺氣數已盡，不過，你可不會輕易認輸。於是你靈機一動想出了一個辦法，把自己捆起來並摔倒在地。這樣一旦我們進來發現了你，你就可以謊稱自己是被魔人綁架的。但你有沒有想過？電線怎麼會自己斷掉？那是我故意剪斷的。我追蹤你到這裡時，覺得井裡有水太不方便，就故意把機器弄壞了。你不是被綁架的，你是自己到這裡來的。整件事的來龍去脈，我沒有說錯吧？」

手塚仍不認輸，他臉色鐵青地咕噥道：「那昌一和雪子呢？你怎麼解釋？有哪個父親會綁架自己的孩子？」

「他們倆根本就不是你的孩子。」明智偵探斬釘截鐵地說。

「什麼？他們不是我的孩子？」

「真正的手塚應召入伍，已經五年多沒有回來了。他在戰場上下落不明，他的妻子等不到他，又沒接到死亡通知，急出了病，病情嚴重到不能說話。這時候你偽裝成手塚回到家裡，手塚的妻子已經病入膏肓，分辨不出你的樣子。十三歲和八歲的孩子五年前與父親分開時還小，根本不記得父親長相，再加上你本來就是裝扮高手，所以你才有機可乘，冒名頂替了真正的手塚。」

各位讀者，現在請大家再回過頭讀一遍故事開頭〈夜光錶〉的章節，裡面對手塚從部隊回來一事做過詳細的描寫。

「一派胡言。就為了一個夜光錶，有必要搞得這麼複雜嗎？」

「夜光錶並不是你的真正目的。你真正的目的是想讓世人對你刮目相看，更確切地說是想讓我，明智小五郎，對你刮目相看。你對我可是恨得牙癢癢啊。」

「你說什麼？我恨你？」

「對啊，我們有多久沒見了？那一次你被捕入獄，不到一年就逃了出去，悄悄躲了起來。幸好戰爭期間你沒犯什麼案，現在戰爭一結束你按捺不住，又蠢蠢欲動了。」

「我聽不懂你到底在說些什麼。」

「別再狡辯了。無論你再怎麼化裝也逃不過我的眼睛。你就是怪盜二十面相！」

突然明智偵探伸出右手，用他的青銅手指，指向手塚的臉。手塚招架不住了，不，不是手塚，是怪盜二十面相。

「中村先生，這事我一直還沒有告訴你。他就是仇恨員警的那個怪人，怪盜二十面相。」

天啊，怪盜二十面相！那個號稱有二十張面孔，有如魔術師般的怪盜，他的面目終於真相大白了。讀過《怪盜二十面相》、《少年偵探團》、《妖怪博士》這幾本書的讀者一定非常熟悉，沒錯，就是那個怪盜二十面相。這次他又使用強大的裝扮技巧，化裝成青銅魔人在社會上引起了軒然大波。

怪盜二十面相，中村組長和員警們對他都不陌生。當大家從明智偵探的嘴裡聽到這個名字時，都眼睛一亮，所有的謎團立刻迎刃而解。任何離奇的事發生在這位怪盜身上都不意外，青銅魔人這個角色真是太適合他了。

中村組長和員警向怪盜衝了過去，沒想到怪盜將昌一和雪子一左一右夾在腋下，拔腿就跑。他鑽進林立的佛像中，逃到房間的另一角，將兩個孩子踩在腳下不能動彈，然後把手伸進石壁的縫隙中取出一個圓筒狀的物體，高舉過頭。「哈哈，明智，你果然一點都沒退步，不過你抓不到我，我還有一招。如果你們敢再靠近一步，我就用這手榴彈將你們炸得粉身碎骨。」

他不知從哪裡弄來的圓筒形物品原來是炸藥，太危險了。如果怪盜豁出去，這房間裡的所有人都活不了。

明智小五郎被嚇跑了嗎？不，不，怎麼可能呢？我們的大偵探擋在怪盜的面前發出巨大笑聲，就好像遇到了天大的趣事似的，他笑得雙肩直顫：「哈哈哈哈，你以為那東西會爆炸？你好好看看吧，那裡面根本就沒有炸藥。」

—流氓副團長—

怪盜二十面相一驚，放下了高舉的手。

「喂，二十面相先生，你忘了我一貫的作風嗎？我通常都會先卸掉對方的子彈再行事啊。這是我的一點點怪癖，哈哈。你的手榴彈也一樣，昨天發現它時我就已經把裡面的炸藥去除了。」

怪盜檢查了一下，發現明智沒有說謊後，扔掉了手榴彈。

「呵呵，明智先生，你果然是手段不減，高明。雖然你風采依舊，我卻比以前更聰明了。我的招數可不只這些。」怪盜恬不知恥地冷笑道。

「哦？你還有什麼花招？」明智偵探也不甘示弱，笑嘻嘻地說。

「我還有這兩個孩子呢。如果你們抓住我，就別想要了他們的小命了。我最討厭殺人，至今為止還從沒殺過人或傷過人，這一點我很自豪，不過這次可能要破例了。我的命寶貴得很，說不定他們兩個就是我的替死鬼。」怪盜惡狠狠地說著，踩在兩個孩子身上的腳又加了一把勁。

明智偵探仍舊不慌不忙，一副早就準備好見招拆招的樣子：「二十面相先生，實在不好意思，這次好像還是我贏。」

「什麼？」

「瞧，你已經開始發抖了。沒錯，你輸了。怎麼樣？我來跟你解釋一下？我身後站著的小魔人，你覺得他會是誰呢？是的，當初你給他穿上盔甲時，裡面的確是我的助手小林。現在還是他嗎？你敢保證人沒有被換過嗎？哈哈哈哈，你的臉色變了。猜到了吧？那我們一起來看一看。」

明智偵探從口袋裡掏出事先從小丑那裡得到的鑰匙，走近身後的小魔人，將鑰匙塞進面具的鎖孔中，只聽「啪噠」一聲，面具開了。明智偵探將它從小魔人頭上卸了下來，下面露出一張少年的臉。大家的視線瞬間集中到這張臉上。

「天啊！」怪盜和中村組長不約而同地發出了驚詫之聲。

那是一張與小林面容迥異的臉，髒兮兮的，頭髮雜亂如掃帚，缺乏修剪，蓬頭垢面之下兩隻驚愕的眼睛閃著亮光。

「哈哈，小林再怎麼精通裝扮，也裝不出這個樣子吧。快，告訴大家你是誰，叫什麼名字？」明智偵探說完，髒兮兮的少年就嘿嘿一笑，得意洋洋地大聲報上了自己的名字。

「我嘛，我是少年偵探團流氓別動隊副團長，大個子小松。怪盜，這回輪到你哭了吧？按照明智偵探的吩咐，我代替小林團長穿上了魔人的盔甲。上當了吧？嘿嘿，活該。」

本文開頭，小林為消滅青銅魔人召集上野公園的流浪兒童組成了流氓別動隊，現在派上了用場。

明智偵探嘲諷地說：「怎麼樣，二十面相先生？現在你認為你手中那兩個孩子是誰？我這邊的不是小林，你那邊的可能也不是昌一和雪子。你要確認一下嗎？拿去，我這有鑰匙。」說完，明智偵探將開面具的鑰匙扔到怪人面前。

怪人趕忙撿起鑰匙，雙手顫抖，失誤了好幾次才卸下兩個小魔人頭上的面具。果然，面具下露出兩張髒兮兮的臉，既不是昌一也不是雪子，是兩個小流氓。

「哈哈、哈哈。」兩個孩子好像一直在等著這一刻，咧開嘴捧著肚子笑成了一團。就連怪盜也被他們兩個誇張的樣子嚇住了，一時忘了自己正身處被捕的風險中，一動也不動地呆立著。

—最後一張王牌—

怪盜的王牌都用盡了，這回總該束手就擒了吧。不，他可是怪盜二十面相啊。這點小事還摧毀不了他，他還有最後一張王牌。

怪盜轉動著血紅的雙眼，四處看了看。只見三個小流氓正大叫著衝上來，怪盜抓準了時機，一個轉身逃開了，速度之快宛如旋風。他衝開三人的包圍，像小白鼠一樣在一尊尊的佛像之間鑽來竄去。連明智偵探也沒想到他竟會有這樣的突發之舉。明智偵探覺得事有蹊蹺，但究竟是什麼？他原以為已經解開了怪盜的所有謎團，卻不知自己疏忽了一點。對一個大偵探來說，這樣的失誤並不多見，卻足以致命。

大家眼也不眨地看著怪盜在佛像之間團團打轉，突然間，怪盜消失了。剛才還轉著圈子的人影一眨眼就消失得無影無蹤，剩下大大小小的佛像如無風的樹林一般靜靜地佇立著。

「明智先生，那傢伙又不見了。身上穿著手塚的棉袍就消失了。」中村組長趕忙查看了佛像四周，語帶責難地說。青銅魔人要找橡膠人做替身才會消失，但他是真正的怪盜二十面相，不是橡膠人啊。

「佛像！佛像裡有問題，我忘記這件事了。」明智偵探懊悔地咕噥著，開始仔仔細細地檢查起樹林般佇立的佛像群。

怪盜有二十張面孔，也許他就是用了其中的某一張面孔，裝成佛像，藏匿其中，我們卻認不出來。

「有了，在這裡。」明智偵探終於找到了答案。在一個比人還高的佛像背後有一扇可以打開的門。因為設計得非常巧妙，僅憑肉眼是分辨不出來的，如果拍打的話就會發現它的聲音與眾不同。明智偵探費了一番苦心才找到它，他小心翼翼地打開了那扇門。明智偵探原以為會看到怪盜那張恐怖的臉擋在門內，因此開門時十分小心。沒想到打開一看，佛像裡一個人影也沒有，只有一個黑洞。

明智偵探從口袋裡掏出手電筒，向內照了照。「啊，有地道。佛像裡有一條祕密通道，怪盜也許已經逃跑了。中村先生，你跟我來。員警先生，你趕緊帶著三個孩子到古井的出口去。這條地道可能直通古井周圍的某個地方。」

他們順著佛像底座進入地下，那裡放著一個陡峭的窄梯，僅可容一人通行。明智偵探拿著手電筒先沿著階梯向下走，中村組長緊緊地跟在他的身後。來到梯子盡頭，他們面前出現一條長長的隧道，弓著身子才勉強可以行走。明智偵探和中村組長十分小心又盡快地向前移動。所幸隧道筆直沒有岔路，走了一會兒，明智偵探突然停了下來：「這是什麼？」在隧道的牆壁上有一個被鑿開的洞，裡面塞著一團衣服。明智偵探將它取出攤開一看：「啊，手塚的棉袍！衣服還有餘溫，怪盜在這個洞裡事先準備了替換的衣服，他一定在逃跑的時候換掉了棉袍，裝扮成另外一個人。」

「真是個狡猾的傢伙。他又扮成了什麼樣子呢？」明智偵探和中村組長不約而同地說。

「他有二十張面孔，我們怎麼可能知道他又變成了什麼？」明智偵探說完，彎下腰向前疾跑。跑了一會兒後，對面又出現一個兩平方公尺的齒輪狀洞口，應該是隧道的出口。

「哦，我明白了。這個地道的出口平時一定是被石壁蓋著的。怪盜跑得匆忙，搬開了祕密通道出口的石頭，卻忘了蓋上。洞外一定就是離古井最近的路。」

等他們靠近洞口，發現有人正朝洞內張望。「員警先生，來了，來了。有壞人從洞裡爬出來了。」說話聲非常耳熟，是流氓別動隊大個子小松的叫聲。

「我們才不是壞人呢，是明智和中村啊。這裡是古井邊嗎？」聽見明智偵探說話，洞外的員警也鬆了一口氣說：「是的，這邊是進入古井的地方。怪盜沒在洞裡嗎？」

「沒在。你們也沒碰上？」

「嗯，好像被他跑了。我剛才檢查了一下，發現我們下來時掛在井邊的繩梯不見了。那傢伙一定是擔心我們追上來，把繩梯撤走了吧。」

明智偵探和中村組長從洞裡接連爬出來，站在員警和三個小流氓的身旁。

「明智先生，你還有繩梯嗎？」

「我再怎麼聰明也不會準備兩條繩梯啊。沒辦法，我們把房門拆了，重新做吧。給我二、三十分鐘就能做好。」明智偵探蠻不在乎地說。

「明智先生，再耽誤二、三十分鐘那傢伙就跑遠了。再說他又是個裝扮高手，想把他找出來可不容易。沒想到在最後關頭被他反將了一軍。」中村瞪著蠻不在乎的明智偵探，氣呼呼地說。

「中村先生，別擔心。我之所以這麼輕鬆，是因為我還藏有一手。」

「什麼？另一手？」

「嗯。怪盜他有兩手準備，我也有。你看大個子小松在這裡是為了頂替小林。那小林呢？他現在在哪裡？嘿嘿，你不知道了吧。我早料到有可能會發生這種意外，早上就讓小林承擔起團長的責任，帶領他的別動隊在井外站崗呢。流氓別動隊除了這裡的三個人之外，還有十三個隊員，上回的煙囪事件你見識過他們的行動能力了吧。這些神出鬼沒的小鬼，手段可不比大人差。再加上小林，他也算我的左右手，不會那麼輕易讓怪盜逃走。」

「原來是這樣，你為什麼不早點告訴我們？不過對手可是大名鼎鼎的怪盜二十面相，光靠孩子們還是有點不放心，我們趕緊把梯子做好吧。幸虧我們還抓到一個小丑，從他那裡應能打聽出不少東西。」

於是，他們拆了裡面屋子的房門做了一個應急樓梯，不到二十分鐘，連帶小丑一行七個人都安全地爬出了古井。

─小林遇難─

話分兩頭，再說說古井外的情況。微弱的冬日陽光照著手塚大院裡陰森森的樹林，四周寂靜無聲。雖是無風的天氣，但樹林中仍不時有身影在晃動。樹後藏著小動物嗎？不，是一個穿著卡其色破舊衣服的人。他一下在這裡、一下在那裡地從樹幹後探出頭又縮回去。樹林的中央是那口古井。沒多久，明智小五郎偵探從古井裡輕手輕腳地鑽了出來。他單腳跨在井臺邊，出來後立刻四處看了看，又從井裡拉上來一根結實的繩梯，折好放進隨身攜帶的小包裡。包袱的樣子有點怪，像是鞣皮做的，又軟又大。之前誰也沒見明智偵探拿過這麼一個包包。這究竟是怎麼回事？

一見來人是明智偵探，有個機靈的少年就從近旁一棵大樹的背後走了出來，儘管他衣衫襤褸，卡其色的上衣又破又髒，臉頰卻如蘋果般紅豔。

「先生，您成功了嗎？」

「哦，是小林啊。」

明智偵探似乎有些吃驚，他停下了腳步，但沒多久臉上就露出了微笑，答道：

「嗯，一切順利。犯人已經被中村組長抓住，現在關押在地下室。我查出了他其他同夥的藏身之處，正準備趕過去，你跟我一塊去吧。」

明智偵探的話顯然有些不對勁，不過扮作小流氓的小林絲毫沒有懷疑地跟了上去。明智偵探提著他的怪包袱，帶著小林，向院中的主屋走去。這時，怪事發生了。窸窸窣窣、窸窸窣窣，樹林的雜草叢中鑽出了幾個人影，他們蛇一樣緊貼地面匍匐而行。一個、兩個、三個，數了數，竟有十個之多。他們長著一頭亂髮，滿臉汙垢，還穿著破舊的卡其色上衣。沒錯，他們都是流氓別動隊的隊員。不知什麼原故，他們像蛇一樣躲在草叢裡，緊緊地跟在小林身後。

明智偵探對此一無所知，他帶著小林走向手塚家的主屋。將怪盜二十面相被抓之事通知手塚的家人以後，他們來到中村組長停在大門口的汽車旁邊。警視廳的司機都認得明智偵探，見偵探過來，連忙笑著打招呼。

「犯人已經落網，一會兒中村就會把詳細經過告訴你們。我現在要趁其不備，去將他的同夥一網打盡，把中村的汽車借給我用一下。」明智偵探匆匆向司機說明了情況，鑽進了汽車裡。他關上車門後突然又想起了什麼似的，對司機說：「唉呀，差點忘了。真不好意思，我把一個方形的牛皮紙包忘在客廳桌子上了，請你幫我去拿一下。紙包用細繩子打了十字結，很好找。」

「好，我這就去。」司機趕忙下車，向房內跑去。明智偵探不等司機跑遠，就從後排座位鑽出來，跨過隔板坐到駕駛座上，接著手握著方向盤將車開了出去。他撇開司機，踩緊了油門。小林對此似乎有些意外，不過他早已習慣了明智偵探的突發奇想，並沒有感到異樣。

雖然明智偵探在車中的行為有些古怪，但更古怪的事情卻發生在車頂上。其中一個跟蹤明智偵探而來的流氓別動隊隊員事先埋伏在汽車的背面。等明智偵探和小林上了車，又支開了司機後，在短短的幾分鐘之內，他竟像猴子一樣爬上車背，又登上了車頂。他在自己身上披了一件成年人的雨衣，然後像壁虎一樣躲在車頂上。

汽車就這樣載著車頂上的小流氓開了出去。這個擅長爬樹的傢伙好像手腳都長了吸盤似的，緊緊地吸在車頂。無論汽車如何顛簸，也無法將他摔出去。汽車在馬路上行駛時，即使有人從高樓窗口往下看，也想不到車頂雨衣之下會藏著一個孩子，最多只會發現車頂上似乎攤著一塊大大的包袱布。

明智偵探開著車穿過芝公園，進入京橋，過了永代橋後又向前駛了一段，最後把車停在隅田川邊一個僻靜的角落。一幢五層高的細長水泥大樓高塔般矗立在河邊，它的周圍稀稀疏疏地殘留著幾間被戰火燒焦的小木板房。大樓的花磚已經脫落，破破爛爛，無人居住。

明智偵探從車上下來，拖著小林的手進了大樓。車頂雨衣下的小傢伙好像終於等到這一刻似的，鑽出了雨衣，一骨碌跳下汽車，將房門拉開一道窄縫，悄悄地溜進去。

這邊，明智偵探和小林登上窄窄的樓梯來到五樓。不知為什麼，明智偵探從裡面反鎖了房門。屋裡除了一張桌子、三把椅子之外沒有任何其他陳設。明智偵探緊緊握住小林的手，沒有坐下，反而露出一絲狡黠的微笑：「小林，你猜猜我是誰？」聽到明智偵探說出這樣的怪話，小林居然一點都不感到奇怪。

「你是怪盜二十面相。」小林笑了笑，率直地回答道。

「呵呵，你已經猜到了啊。可惜太遲了。我要讓你吃點苦頭。」說完這位酷似明智偵探的怪盜將小林推倒在地，從那個奇怪的包袱裡取出一根細繩捆住他的手腳，堵住他的嘴巴。

小林似乎另有所想，全無半點反抗，任憑怪盜處置。

怪盜將小林推進一個空蕩蕩的壁櫥，關上櫥門，走進與這間房間相通的另一間房間。幾分鐘後從那屋裡傳來怪盜的聲音，好像是在和什麼人通電話。因為兩間房間僅一板之隔，小林可以隱約聽見怪盜的談話聲。

「嗯，我即刻離開東京……船準備好了嗎？趕緊開過來……記得加滿油。我還不知道會去哪裡……好，好，知道了。」打完電話，怪盜又回到壁櫥前，隔著門板對小林說：「我現在就去打電報，晚上真正的明智偵探會趕來救你，你先忍一會兒。我要馬上出去辦些事。像我這樣的人，也有人記掛呢。另外我也不能把警車留在這裡引起別人的注意，必須處理掉。就委屈你在這裡老實待著啦。」說完他走出房間，鎖上了房門。

怪盜剛走，一直埋伏在屋內某處的小流氓就從走廊的角落裡走了出來。他從破口袋裡掏出一根鋼絲，塞進門鎖，撥弄幾下，只聽「咔嗟」一聲，門鎖開了，看上去這傢伙對這種事情非常熟悉。

緊接著他像小偷一樣的輕輕推開房門，房門開了大約五寸，他順著門縫像老鼠一樣鑽了進去。不用說，他就是先前躲在車頂上的那個別動隊員。小傢伙似乎早就從鎖縫中偷看過裡面的情況，他搖搖晃晃地走到壁櫥前，打開櫥門，然後一把拿掉小林嘴裡的東西，解開小林手腳上的繩子。

「快，把我綁上。我替團長待在這裡。如果那傢伙回來就糟了，你動作快點。」

小林一邊誇讚這傢伙腦筋靈光，一邊按原樣綁了他的手腳，將他推進壁櫥，然後敏捷地溜出了房間。

—兩個明智小五郎—

四十分鐘後，不知在哪裡喝了兩杯小酒的怪盜二十面相，以明智偵探的面貌紅著臉回到五樓。他一進屋旋即打開壁櫥，確定小林依舊躺在壁櫥裡，才安下心來。壁櫥裡的人臉朝裡躺著，加之光線昏暗，任誰也想不到他們已經調了包，壁櫥裡的人成了小流氓。

「嗯，不錯，不錯。你再忍一會兒，好好待著。我還有話要對你說，你把話帶給你的明智老師吧。你聽好了，這次我輸給明智小五郎，被他打得落花流水。可是，他永遠也抓不到我。現在我要離開東京，以後我還會回來的，到時候絕對會讓明智大吃一驚。怎麼樣？你可得把原話帶到哦。」怪盜語音剛落，只聽哪裡傳來一聲聲響。聲音並非來自壁櫥，怪盜驚訝地轉身，向聲音的來源看去。

與隔壁房間相連的那扇門緩緩地打開了，不是風，而是有人在那裡推開了門。

「誰？誰在那裡？」怪盜不禁提高了音量，不過那人似乎並不在意，將門推得更大，直到全部推開，門外出現一位與怪盜長得一模一樣的人。對，兩個長相完全相同的明智小五郎正相對而立，臉上都掛著笑容。

「不用找人帶話了，我就在這聽著呢。不過你所說的那句絕對抓不到你的話，恐怕得改一改了。我這次就是來抓你的。」說這話的，正是一接到小林傳來的急報，就立即從手塚家趕過來的真明智。面對這樣的突發事件，怪盜一時慌了手腳，酒也醒了大半，臉色慘白。

「你，你怎麼會在這裡？」

「這得歸功於小林團長組建的流氓別動隊囉。壁櫥裡躺著的可不是小林，是他手下的一個別動隊員，真正的小林在這裡呢。」

明智偵探稍微側了一下身，身後露出小林那張紅蘋果似的臉。他已經換掉了破衣服，現在正穿著筆挺的立領學生制服呢。真假明智小五郎彼此距離三公尺，面對面站著。畢竟是裝扮高手，哪怕離本尊這麼近，也很難分辨出誰真誰假。簡直太像了，像雙胞胎似的。

兩個明智小五郎對視了近三分鐘，誰也沒有動一下身體。這種四目相對的瞪視讓旁觀者也不禁額頭冒汗。

「你想怎麼樣？」怪盜的聲音中帶著決鬥的意味。

「你已經被捕了。不用我動手，這幢大樓已經被員警包圍了，你逃不掉的。」

「哼，你這麼有自信？」

「當然。」

「那我就逃給你看。你覺得這樣如何？」怪盜鳥一般跳出門外，一眨眼就到了樓梯那裡。不過，樓梯底下中村組長已經率領員警和便衣警察擁了過來，想要突破重圍可沒那麼容易。怪盜貌似要下樓，大家都以為他看到這陣勢，會立刻轉身回去，沒想到他卻跑向相反的方向。在昏暗的走廊一角，豎著一架鐵製的樓梯，他一縱身爬了上去。這棟房子的頂樓是五樓，沒有天臺，樓梯通往屋頂。然而，大樓周圍沒有其他房子，到了屋頂也無處可逃。他究竟想做什麼？

明智偵探和中村組長緊跟著怪盜爬上了鐵梯，這時從梯子頂端掉下一塊蓋子似的門板，門板很重，兩三個人在下面合力也推不開。正在大家挪動門板之時，外邊傳來「哇」的一聲，似乎發生了意想不到的事情。

—青銅魔人的下場—

逃上屋頂的怪盜，並沒有忘記隨身攜帶的包袱，他從裡面拿出一捆黑繩。就是上回在煙囪那裡用過的繩子，每隔一尺打一個結，是一條非常結實的繩梯。他抓著繩梯從五層樓的屋頂往下看，距離地面還很遠，大約有二十公尺。樓底下有一條通往河岸的馬路，路上站著幾名員警，旁邊還有十來個髒兮兮的小流氓，群聚在一塊，他們都是流氓別動隊隊員。

怪盜將繩梯的鈎子掛在屋頂凸出的部分，甩下長長的繩梯，可是繩梯長度只有大樓高度的三分之二。怪盜明知道即使順著繩梯爬下去也無法到達地面，只能懸在半空，卻還是抓著繩梯爬了下去。他到底有什麼打算呢？

大樓正面對著馬路，背臨隅田川。現在怪盜懸在大樓的一側，這一側基本上沒有窗戶，因此不必擔心繩梯會在中途被剪斷。地面上的人注意到了怪盜的空中雜技，不由得在他腳下發出驚訝之聲。大樓太高，底下的人一個個看上去就像玩具一樣小。怪盜一步一步小心翼翼地抓著繩結往下，但是高空的風吹得繩梯來回搖晃，隨時有摔落的危險。如果他鬆開手，絕對就會像炮彈一樣砸向地面，非粉身碎骨不可。這可是玩命的雜技呀。

就在怪盜到達繩梯底部時，地面上出現了明智偵探和中村組長的身影。儘管繩梯已經到底了，距離地面卻還有七、八公尺，這下可怎麼辦？

這情形有如樹枝上掉下的蜘蛛，在半空中隨風搖晃。怪盜此刻正如一隻緊緊抓住繩梯尾巴的蜘蛛，情況十分危急。只見蜘蛛絲搖晃得越來越厲害了，這不只是因為風吹，而是怪盜像盪鞦韆似的猛烈晃動著。幾分鐘後這個懸在半空中的鞦韆就晃成了鐘擺，非常有規律地左右擺動，振幅越來越大，甚至超過了大樓的寬度。

地面上的人總算猜出了怪盜的意圖。他是要冒一場驚天動地的險。他要盡量增大振幅，然後突然鬆手，讓自己被甩到隅田川裡，再潛水逃跑。

就在他準備跳水的時候，一艘汽艇停在了河面上。也許這就是等待怪盜跳水後接應他的船。

人們發現了汽艇後立刻跑向河的上游。小林在壁櫥中偷聽到怪盜的電話內容，知道怪盜為自己準備了汽艇，所以他們也在河上安排了快艇。人們隨即趕往停泊快艇的地方。

這時，人們預想的事發生了。怪盜盡全力晃開繩梯，然後突然鬆開了抓繩梯的手。

他蜷縮的身子好像炮彈一樣迎風飄浮在空中，最後掉進了離岸十幾公尺的河裡，濺起了巨大的水花。

等候在河面上的汽艇迅速靠近怪盜落水的地方，幸好這時水上警署的快艇已經準備就緒。快艇上除了水上警署的員警外，還有明智偵探、中村組長、小林以及五個流氓別動隊的隊員。怪盜的汽艇與警署的快艇彼此相隔約一百公尺，它們展開了一場驚心動魄的水上追逐。

不愧是怪盜事先準備好的汽艇，速度之快彷彿飛魚，船身基本上不是沒入水中，而是在水上滑翔。船頭撞開的水花漂亮地分散在船身兩側，遠看就像一個會飛的大噴泉。

兩艘快艇保持著不變的距離駛過月島，向台場靠近，沒多久台場也被它們甩在身後了，它們現在正浩浩蕩蕩地朝東京灣中心疾馳而去。

「看，青銅魔人。」有孩子的叫聲，大家看到犯人的汽艇上正站著一個銅像般的青銅魔人，他面朝快艇頻頻舞動雙手。怪盜為了這最後的盛大場面，再次穿上了青銅盔甲，向追趕他的人群炫耀著。

又過了十分鐘，追趕者和被追趕者都拼了全身力氣，小汽艇還是不敵大快艇，怪盜的汽艇似乎已成了強弩之末。是機器故障了嗎?汽艇開始東搖西擺,引擎聲也不大對勁。但怪盜顧不了這些,他必須逃走。站在汽艇上的魔人又是揮手又是跺腳,好像不停地催促著汽艇加速,再加速。

然而他的末日終於到了。汽艇就像被炸彈打中一樣,水面升起滾滾水霧,爆炸聲震耳欲聾。騰起的濃煙中竄出一條條火蛇,汽艇上的青銅魔人瞬間葬身火海,恐怖的身影在火光中若隱若現。

沒多久,濃煙散去的海面上,汽艇的影子消失了。這就是青銅魔人,即怪盜二十面相的悲慘下場。當然,員警的快艇隨即趕到現場進行了救援,但卻沒有找到生還的船員,也沒有發現穿著青銅魔人盔甲的怪盜二十面相的屍體。也許是盔甲太重,沉入海底浮不上來了。

很遺憾沒能抓到主犯,但青銅魔人的祕密已經被揭穿,他的同夥被一網打盡,祕密工廠也被搗毀,藏在地下的財寶一件件都物歸原主。明智偵探和小林名聲大振,連帶流氓別動隊的功勞也眾所皆知。各大報紙都登載了十六個小傢伙互相摟著肩膀開心大笑的照片,受到了眾人讚賞。此後,這些孩子透過明智偵探的幫助,有的進了學校,有的找到了工作,各自過上了幸福的生活。

少年偵探團系列

推理文學巨擘江戶川亂步經典作品——《少年偵探團》系列重磅登場！與《怪盜二十面相》正面交鋒；看《少年偵探團》勇於冒險、抽絲剝繭；跟蹤《妖怪博士》、發現重大祕密；在《大金塊》中探尋寶藏的蹤跡；與《青銅魔人》、《透明怪人》展開驚心動魄的智慧較量。再多的危機與謎團，機智的名偵探與少年偵探們總是有辦法！為孩子們寫的推理小說，跟著亂步，當個臨危不亂的小偵探！

大金塊

江戶川亂步　著　傅栩　譯

宮瀨家的宅邸在半夜發生了離奇的事件，不二夫害怕地瞪大了眼睛不敢移動，然而，沒有任何東西消失，那最終被掠奪走的寶物是什麼呢？偵探明智小五郎再次展現他高超的破案技巧，破解一個一個的謎團，而小林助手在面對生死關頭時，也勇敢地帶領夥伴跨越困難。大金塊寶藏究竟是在什麼地方呢？其中又有什麼驚心動魄的爭鬥與冒險呢？

透明怪人

江戶川亂步　著　曹藝　譯

東京都內出現透明人，消息一傳開，不僅占據報紙版面，各種跡象顯示，多起古怪的事件似乎也是透明人惹出來的。透明人分明是個盜取了珍貴珠寶的神偷，離奇的是，卻又有人看見他 幫助弱小？

然而，隨著目擊到透明人的孩子接二連三遇到怪事，少年偵探團的成員竟然也遭到綁架，甚至連明智偵探與文代夫人都面臨威脅！透明怪人的出現，到底代表了什麼？難道背後有一股強大力量正在醞釀某種恐怖的陰謀？